见字如晤

当代诗人手稿

余 丛◎编

暨南大学出版社
JINAN UNIVERSITY PRESS

中国·广州

图书在版编目（CIP）数据

见字如晤：当代诗人手稿/余丛编.—广州：暨南大学出版社，2015.6
ISBN 978-7-5668-1383-1

Ⅰ.①见…　Ⅱ.①余…　Ⅲ.①诗集—中国—当代　Ⅳ.①I227

中国版本图书馆 CIP 数据核字（2015）第 071101 号

出版发行：暨南大学出版社

地　　址：中国广州暨南大学
电　　话：总编室（8620）　85221601
　　　　　营销部（8620）　85225284　85228291　85228292（邮购）
传　　真：（8620）　85221583（办公室）　85223774（营销部）
邮　　编：510630
网　　址：http://www.jnupress.com　http://press.jun.edu.cn

出 版 人：徐义雄
策划编辑：杜小陆
责任编辑：刘　晶
责任校对：刘舜怡
排　　版：中山市人口手文化传播有限公司
印　　刷：深圳市新联美术印刷有限公司

开　　本：850mm×1168mm 1/16
印　　张：15.5
字　　数：150 千
版　　次：2015 年 6 月第 1 版
印　　次：2015 年 6 月第 1 次

定　　价：89.80 元

（暨大版图书如有印装质量问题，请与出版社总编室联系调换）

目　录

安　琪 / 明天将出现什么样的词 ［外一首］ 001

阿　斐 / 世界很安静 ［外一首］ 004

阿·鲁 / 火车上读诗人韦白赠书 007

阿　西 / 初冬的晨雾 ［外一首］ 009

北　野 / 马嚼夜草的声音 ［外一首］ 012

曹五木 / 雨 015

车前子 / 吃素为主义男 ［外一首］ 017

程一身 / 二重奏：栅栏与灌木丛 ［外一首］ 019

池凌云 / 让枯萎长高一点 ［外一首］ 022

第广龙 / 该下一场雨了 025

东荡子 / 朋友 ［外二首］ 027

杜绿绿 / 两个盲人 ［外一首］ 030

朵　渔 / 黑暗来自乌鸦展翅飞翔的一瞬 ［外一首］ 034

非　亚 / 我喜欢的形象 ［外一首］ 037

高　兴 / 归来 ［外一首］ 040

格　式 / 人工流产 ［外一首］ 043

古　马 / 青海的草 ［外一首］ 046

管党生 / 我所认为的贵族 049

海　波 / 刺绣的奴隶 051

海　男 / 在澜沧江春天的纬度里 053

海　上 / 三角形的位置 [外二首] 055

何小竹 / 送一颗炮弹到喜马拉雅山顶 [外一首] 059

胡　弦 / 忆杭州 062

黄灿然 / 消逝 [外二首] 064

黄　梵 / 蝙蝠 [外一首] 067

黄礼孩 / 飞扬 070

吉木狼格 / 西昌的月亮 [外一首] 072

剑　峰 / 风暴 075

姜　涛 / 海鸥 077

京不特 / 最后一首用中文写的诗歌 079

君　儿 / 姐姐 [外一首] 082

浪　子 / 途中的根 [外一首] 085

老　刀 / 今夜我是你的好兄弟 088

李德武 / 夕阳与湖光 [外一首] 090

李　南 / 小小炊烟 [外一首] 093

李亚伟 / 红色岁月·第一首 096

李以亮 / 写作 [外一首] 098

刘洁岷 / 蛛丝迹：数 101

刘漫流 / 海上钢琴师 103

柳宗宣 / 即兴曲 [外一首] 105

卢卫平 / 终于 [外一首] 108

吕　约 / 欢爱时闭上的眼睛 111

吕布布 / 岛上云 [外一首] 113

马　莉 / 告密者的兄弟 [外一首] 116

马铃薯兄弟 / 处女与鸽子 [外一首] 119

马　非 / 走廊 121

潘　维 / 追随兰波直到阴郁的天边 [外一首] 123

潘洗尘 / 盐碱地 [外一首] 126

祁　国 / 镜像 129

秦巴子 / 中药房 [外一首] 131

桑 克 / 愤怒〔外一首〕 *134*

森 子 / 软弱〔外一首〕 *137*

邵风华 / 此诗写给大海 *140*

沈 苇 / 沙〔外一首〕 *142*

世 宾 / 马〔外一首〕 *145*

宋晓杰 / 暮晚的河岸〔外一首〕 *148*

宋晓贤 / 乘闷罐车回家〔外一首〕 *151*

孙文波 / 三月二十四日的歌德〔外一首〕 *154*

孙 磊 / 监狱 *157*

唐不遇 / 米沃什百年诞〔外一首〕 *159*

王顺健 / 菜虫子 *162*

小 海 / 追问〔外二首〕 *164*

徐 江 / 月梦〔外一首〕 *168*

谢湘南 / 给自己的一个地址 *171*

轩辕轼轲 / 路的尽头 *173*

哑 石 / 短句〔外一首〕 *175*

严 力 / 鱼钩〔外一首〕 *178*

杨 克 / 我在一颗石榴里看见了我的祖国〔外一首〕 *181*

杨 黎 / 三朵花〔外一首〕 *184*

杨小滨·法镭 / 宾至如归指南〔外一首〕 *187*

姚 风 / 一滴大海 *190*

叶 辉 / 飞鸟〔外一首〕 *192*

叶匡政 / 走在破败的大通路上〔外一首〕 *195*

伊 沙 / 车过黄河〔外二首〕 *198*

余 怒 / 众所周知的立方体〔外一首〕 *203*

余 丛 / 现实一种〔外一首〕 *206*

俞心樵 / 自我介绍〔外一首〕 *209*

宇 向 / 撒旦 *212*

雨 田 / 乡村博物馆 *214*

育 邦 / 死亡与右手 *216*

郁　郁 / 关于古代　关于今天 [外一首]　*218*

臧　棣 / 雪球协会 [外一首]　*221*

曾　宏 / 诗之二 [外一首]　*224*

张执浩 / 雨夹雪 [外一首]　*227*

赵思运 / 我的中世纪生活·洗澡　*230*

中　岛 / 一生 [外一首]　*232*

周公度 / 梦境　*235*

周亚平 / 如果麦子死了 [外二首]　*237*

余　丛 / 编后记　*241*

安 琪

明天将出现什么样的词 [外一首]

明天将出现什么样的词
明天将出现什么样的爱人
明天爱人经过的时候，天空
将出现什么样的云彩，和忸怩
明天，那适合的一个词将由我的嘴
说出。明天我说出那个词
明天的爱人将变得阴暗
但这正好是我指望的
明天我把爱人藏在我的阴暗里
不让多余的人看到
明天我的爱人穿上我的身体
我们一起说出。但你听到的
只是你拉长的耳朵

赌　徒

你用一个没有难度的词语陷害我
我的赌徒
你坐在我身边像赌徒眼里的赌徒
因为我们都是赌徒所以我怕
或者不怕
你

你低着头假装很安静
假装不知道安静的安，安全的安，安琪的
安
无数人问我：安
或者不安？却不知安和不安其实是一码事
其实，那么多年你一直在
诗歌里，比较疯狂
比较不在小说里

安琪，本名黄江嫔，1969年生于福建漳州。「新世纪十佳青年女诗人」。第四届（1995年）「柔刚诗歌奖」得主。诗作入选《中国当代文学专题教程》、《中国新诗百年大典》、《亚洲当代诗人二家》（韩国）及各种年度选本等百余种。主编《中间代诗全集》（与远村、黄礼孩合作）。出版诗集《奔跑的栅栏》、《你无法模仿我的生活》、《极地之境》等多种。两次参与编撰《大学语文》教材。现居北京。

明天将出现什么样的词

安琪

明天将出现什么样的词
明天将出现什么样的爱人
明天爱人经过的时候，天空
将出现什么样的云彩，和忸怩
明天，那适合的一个词将由我的嘴
说出。明天我说出那个词
明天的爱人将变得阴暗
但这正好是我指望的
明天我把爱人藏在我的阴暗里
不让多余的人看到
明天我的爱人穿上我的身体
我们一起说出。但你听到的
只是你拉长的耳朵

1996.5.18 漳州大通北

安琪：《明天将出现什么样的词》

赌 徒

安琪

你用一个没有难度的词语陷害我
我的赌徒
你坐在我身边像赌徒眼里的赌徒
因为我们都是赌徒所以我怕
或者不怕
你。

你低着头假装很安静
假装不知道安静的安，安全的安，安琪的
安
无数人问我：安
或者不安？却不知安和不安其实是一码事
其实，那么多年你一直在
诗歌里，比较疯狂
比较不在小说里

2004. 4. 25. 北京曙光花园

安琪：《赌徒》

阿 斐

世界很安静 [外一首]

世界突然很安静
好像一切都很安心
我仔细分辨黑暗中的声音
凄厉的惨叫分明不远
有一些人将要离世
有一些人将要饱受摧残
还有一些人正在忙碌
他们搬运着坦克玩具
头发花白，目光严峻
像一群不懂事的孩子

对 抗

思维停滞
我的身体继续爬行
每到一处留下一滩血迹

身体对抗思维
爬行对抗虚无
血对抗大地

尸体对抗死亡
我的一生对抗自己和你

阿斐，本名李辉斐，1980 年生于江西都昌。「下半身」诗群最年轻成员，《赶路》诗刊编委，「御鼎诗歌奖」评委。个人创作历程及访谈被收入《杂发生色·80 后人群的经典影像》。著有诗集《青年虚无者之死》《最伟大的诗》，随笔集《善神与恶灵之斗》，长篇小说《跑步进入中年》。

世界很安静

世界实际上 很安静
好像一切都很安心
我在闷分辨黑暗中的声音
淮历的惨叫分明不远
有一些人将要离世
有一些人将要饱受摧残
还有一些人王在忙碌
他们抚摸着坦克玩具,
头发乌白. 目光严峻
像一群不懂事的孩子

阿斐 2014. 5

阿斐：《世界很安静》

对抗

思维倍浮
我让身体继续爬行
每到一处留下一块碑运进

身体对抗思维
爬行对抗虚无
血对抗大地

尸体对抗死亡
我让一生对抗自己和你

阿斐 2014.5

阿斐：《对抗》

阿 鲁

火车上读诗人韦白赠书

在急驰后退的众多事物中
你是一位冷静的旅客
这让时间变得缓慢：疲惫的火车
最后一站开进了手术室

——面对医生手中的剪刀
我们安然入睡。这些模糊而可疑的面孔
你逐一捕捉，像一只完整而精致的昆虫
夹进了时间的标本

"颓废是一种美。"而工具的理性
抵消了事物之间的暧昧关系
以及死者体内的仇恨和乡愁。这个冬天
歌唱者裹紧了大衣

空椅子面前站着一只
成年的母狗。就像赫鲁伯的母蝇
停靠在每个人的肩膀：借助语言的
放大镜，他释放了被囚禁的审判

阿鲁，1980 年生于湖南衡阳，现居广东中山。诗歌作品曾刊于《星星》《青年文学》《广西文学》《山西文学》《中西诗歌》《绿风》等。著有诗集《消音室》。

火车上读诗人韦白赠书

在急驰向晚的众多事物中
你是一位冷静的旅客
这让时间变得缓慢：疲惫的火车
晚站一站开进了手术室

——面对医生手中的剪刀，
我们安然入睡。越过模糊而可疑的面孔
你逐一捕捉，像一只完整而精致的昆虫
夹进了时间的标本

"颓废是一种美。"而工具的理性
取消了事物之间的暧昧关系，
以及死者体内的仇恨和乡愁。虫个冬天
歌唱者裹紧了大衣

空椅子面前站着一只
成年的田狗。就像薛·鲁伯的田蝇
停靠在窗台的脖腰：借助语言的
放大镜，他释放了被囚禁的审判

阿鲁．1.6.2015．

阿鲁：《火车上读诗人韦白赠书》

阿 西

初冬的晨雾 [外一首]

这个早晨，撒下了初冬的薄雾
我斜靠床头，阅读雷蒙德·卡佛的诗
哦，这个美国人，并不叫我多么感动
他死得有些早，可谁又会保证和癌症无关
酗酒。妻离子散。喜欢危险的游戏
我觉得他对床的认识，触及了婚姻的实质
可他为何更关注那些饱食残血的乌鸦
我女儿 21 岁，大四，明年去 S 城
读研。国际法律。她和美国越来越近
和卡佛的某句诗越来越近。但，这是另回事
我留着，当我真正步入老年
才会和别人不断提起。嗯，她的房间
门开着，被褥卷起，好像她一直在外旅游
一只白鸟从我体内飞走了，只留下空地
我起身。合上诗集。去厨房烧水

存在之诗

我在北京。蜘蛛在北京
乌鸦也在北京
我们拥有一个共同的北京
——宽阔的长安街和破败的四合院
潘家园古玩市场、四惠、西直门

发黑的槐树，落满京城的尘埃
旁边是中关村的剧院
夏天，知了的叫声淹没了所有楼群
而冬天零星雪花盖不住
我们共同的目的——在北京
要有一套属于自己的房子或居所

阿西，本名项春山，1962 年生于黑龙江密山黑台公社新福大队。从 1979 年读大学数学专业起学诗，毕业后曾在学校、法院、报社等部门工作。1997 年辞职，生活于俄罗斯和广州等地，2007 年移居北京。先后出版和自印习作集《家园》《叶卡捷琳堡诗稿》《广州集》《墟词》等。

蜘蛛有结网的政治

乌鸦有腐朽的政治

我有写诗的政治

偶尔，我们相聚，讨论一下时局

初冬的晨雾
　　　　阿西

这个早晨，撒乃初冬的薄雾
我斜靠床头，阅读雷蒙德·卡佛的诗
哦，这个美国人，并又叫我多么感动
他死的有些早，可谁又会保证和癌症无关
酗酒。妻离子散。喜欢危险的游戏
我觉得他对床的认识，触及了婚姻的实质
可他为何更关注那些饱食牛血的乌鸦
我女儿21岁，大四，明年去S城
读研。国际法律，生意。她和美国越来越近
和卡佛的某句诗越来越远。但这是另回事
我留着，当我真正步入老年
捡和别人不再被提起。嗯，她的房间
门开着，被褥卷起，好像她一直在外旅游
一只白鸟从我体内飞走了，只留下空地
我起身，合上诗集，去厨房烧水

阿西：《初冬的晨雾》

存在之诗
阿西

我在北京，蜘蛛在北京
乌鸦也在北京，
我们拥有一个共同的北京。
一宽阔的长安街和破败的四合院
潘家园古玩市场、西单、西直门

发黑的槐树，落满了城市的尘埃
旁边是中关村的剧院
夏天，知了的叫声淹没了所有楼群
而冬天零星雪花盖难住
我们共同的目的——在北京
要有一套属于自己的房子或居所

蜘蛛有结网的政治
乌鸦有离析的政治
我有写诗的政治
偶尔，我们相聚，讨论一下时局

阿西：《存在之诗》

马嚼夜草的声音 [外一首]

马嚼夜草的声音
和远处火车隐隐的轰鸣
使我的水缸和诗行　微微颤抖

这正是我渴望已久的生活啊
葵花包围的庄园里　夜夜都有
狗看星星的宁静

我还需要什么
假如我的爱人就在身旁
孩子们在梦里睡得正香

我只需要一个小小的邮局
隔三岔五送来一两个
手写的邮包

旅　者

过去已经过去
今天的纸上　人们
徒有悲伤

树木吮吸着大地之气
鸟儿吐纳着天空

今天的旅者满怀疲惫
前方没有归宿
后方没有故乡

北野，本名刘北野，1963 年生于陕西，现居山东威海。著有《马嚼夜草的声音》《黎明的敲打声》《在海边的风声里》等诗、文集六部。鲁迅文学院首届中青年作家高级研讨班学员（2002）。曾参加第十九届「青春诗会」（2003）。曾获新疆自治区政府首届「天山文艺奖」（2003）和诗刊社第二届「华文青年诗人奖」（2004）。

马嚼夜草的声音
和远去火车隐隐的轰鸣
使我的水缸和诗行 微微颤抖

这正是我渴望已久的生活啊
鲜花包围的庄园里 夜里却有
狗和星星的宁静

我还需要甚么
假如我的爱人就在身旁
孩子们在梦里睡得正香

我只需要一个小小的邮局
隔三岔五送来一两个
手写的邮包

　　　　1995年夏 北野写于车师匿河谷

北野：《马嚼夜草的声音》

旅　者

过去已注过去
今天的纸上　人们
徒有悲伤

树木呀吸着大地之气
鸟儿吐纳着天空

今天的旅者满怀疲惫，
前方没有归宿
后方没有故乡

1993.8.8 北野马桥别克台

北野：《旅者》

雨

倘若秋天是个妇人，雨就是她
最小的女儿，使着性子
打你眼前昂首走过，回过头
看你一眼，甚至
扑在你的身上，咬一下你的耳朵
然后，一溜小跑，再也不见。

曹五木，1972 年生于河北文安。著有诗集《暴君》《张大郢》《语子和其他三个人的箴言》《书简》等。

雨

假若秋天是个妇人，雨就是她
最小的女儿，使着性子
打你眼前昂首走过，回过头
看你一眼，甚至
扑在你的身上，咬一下你的耳朵
然后，一溜小跑，再也不见。

曹五木 2012.02.29

曹五木：《雨》

吃素为主义男 [外一首]

"描绘青绿山林，骑乘异兽的
洋人"粉彩，
你完全贫血；
头晕，你可以做成插花静物。

哦，春水，"不要见外，
也别在意流出门缝"子夜，
杏树幅裂，
开满挂名弱者。

某民族的
"繁衍史"河边，
不到一刻钟。

从火药，我看到麒麟颈部，
黄色底子公园，
三个人赶来算命："再次神会。
再次财神上榜。再次没有安神。"

无诗歌

伏法的蝉！
像一艘船——地平线晃动：
友人们在屋顶升起炊烟。
入海口卷作左翼的山区河流。

车前子，本名顾盼，1963 年生于苏州，1998 年起居住北京。童年学画，二十世纪七十年代写作诗歌，二十世纪九十年代兼写散文。出版诗集《纸梯》《散装烧酒》《像界河之水》以及散文随笔集《明月前身》《手艺的黄昏》《西来花选》《偏看见》《云头花朵》《江南话本》《好花好天》《茶饭思》《不寒窗集》《册页晚》等二十一种。

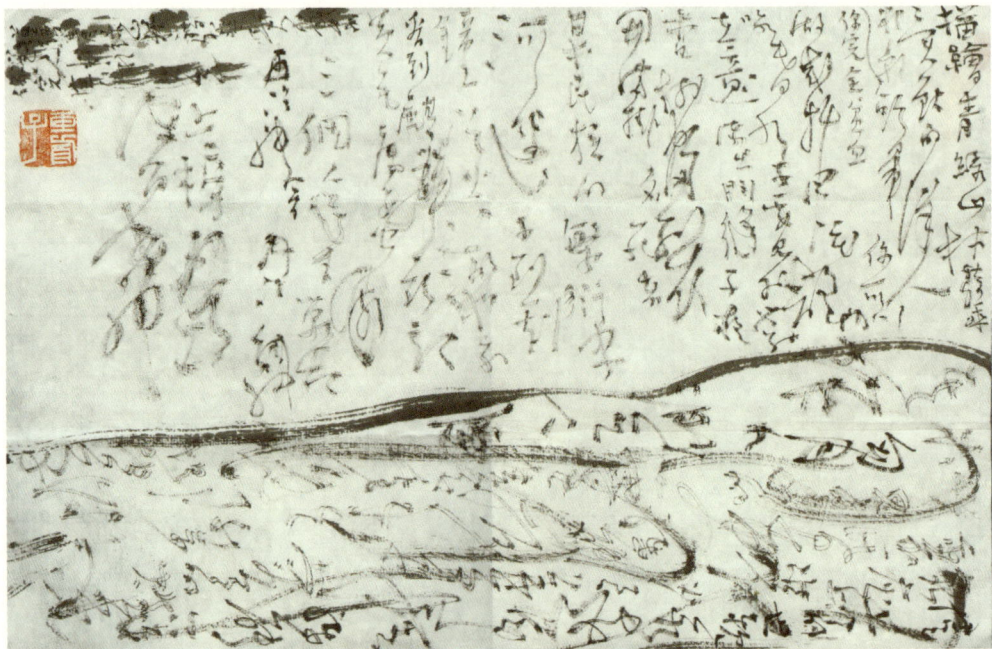

车前子：《吃素为主义男》

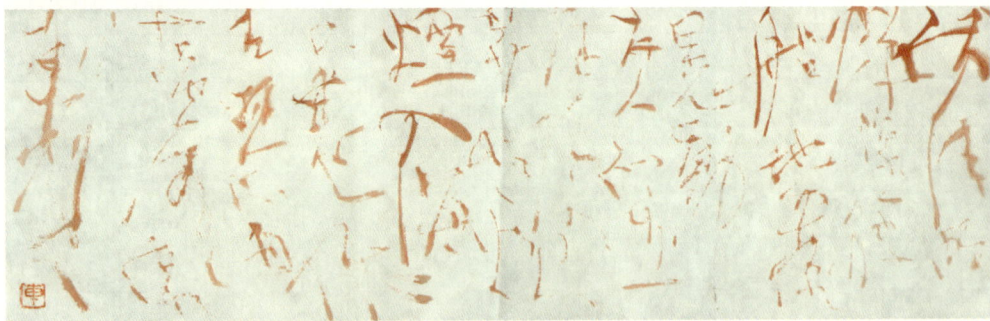

车前子：《无诗歌》

二重奏：栅栏与灌木丛 [外一首]

走在栅栏的影子里，
栅栏的尖锐并未把我伤害。
一切皆可转化，
只要高处的光芒还在照耀。

我们爱美丽往往胜过爱真实。
灌木的影子落在石板路上，
比灌木（土绿色）还美：
温柔的黑夹杂纯洁的白（像气孔在呼吸）。

我踩上去，它们却跳到我脚上，
迅速闪过鞋子的斜坡。
而栅栏长长的影子
像慈爱有力的手掌把它们笼罩。

月夜投篮

今晚的月亮纯净金黄
轮廓凸起如蛋黄的浮雕
在夜色弥漫的大地上
投下银白清幽的光芒

我和程三练习投篮儿
抛出的球像黑色月亮
迅速升起又迅速下降
碰到球篮才会停留片刻

篮球出手的那一瞬间
乳房和月亮同时摇晃
穿过球篮的月亮异常温驯

程一身，本名肖学周，河南人，文学博士。著有诗集《北大十四行》，编著《外国精美诗歌读本》，译著《恋爱，还是禁欲——佩索阿诗文集》《白鹭》（德里克·沃尔科特）等。诗作《北大十四行》获北京大学第一届「我们」文学奖（2004）。入选《中国诗人大辞典》。

弹跳着惊起满地月光

受到撞击的球篮漠然不动
我想把所有愿望投入篮中

程一身：《二重奏：栅栏与灌木丛》

　见字如晤

月夜投篮
　　程一身

今晚的月亮 纯净金黄

软软地升起如蛋黄的浮雕

在夜色弥漫的大地上

投下银白清澈的光芒

我和程三在小门投篮儿

抛出的球系黑色月亮

迅速升起又迅速下降

碰到球篮稍停留片刻

篮球出手的那一瞬间

乳房和月亮同时摇晃

穿过球篮及月亮异常温润

弹跳着响起满地月光

直到篮下的球篮寂然不动

我想把所有愿望投入篮中

二〇一三年夏

程一身：《月夜投篮》

让枯萎长高一点　[外一首]

让枯萎长高一点，再去收割。
让接骨木，接住渴念死亡的沟槽。
让灰色的嘴唇独自言谈。

让天黑得晚一点，草木在地上画出颜色。
让泉水带上微光，经过绝望的黑洞。
让笔锋站立，刀斧自己出门。

所有声音都要往低音去

日出时，所有声音都要往低音去。
夜的运动把伸出的幼芽压碎，
露珠与泪珠都沉入泥土，
一切湮灭没有痕迹。唯有
盲人的眼睑，留在我们脸上，
黑墨水熟悉这经历。一种饥饿
和疾病，摸索葛藤如琴弦。
我们的亲人，转过背去喘息。
他们什么也没说，他们无法洗净
身边的杂物。黑夜的铁栅
在白天上了锁，没有人被放出去。
没有看得见的冰，附近也没有火山。

池凌云，1966年生于温州瑞安北堡村。当过教师、记者、编辑。1985年开始写作。著有诗集《飞奔的雪花》、《光线》（合著）、《一个人的对话》、《池凌云诗选》、《潜行之光》，部分诗作被翻译成德文、英文、韩文等。2010年10月获『《十月》诗歌奖』。2012年应邀参加韩国『金达镇文学节』，及韩国外国语大学举办的『韩中诗歌朗诵会』活动。

让枯萎长高一点

池凌云

让枯萎长高一点，再去收割。
让接骨木，接住渴念死亡的枸槽。
让灰色的嘴唇独自言谈。

让天黑得晚一点，草木在地上画出颜色。
让泉水带上微光，经过绝望的黑洞。
让笔锋站立，刀斧自己出门。

2011. 10. 29

池凌云：《让枯萎长高一点》

所有声音都要往低音去

　　　　　　池凌云

日出时，所有声音都要往低音去。
夜的运动把伸出的幼芽压碎，
露珠与泪珠都沉入泥土
一切湮灭没有痕迹。惟有
亲人的眼睑，留在我们脸上
黑暗永远熟悉这经历。一种饥饿
和疾病，摸索，葛藤如琴弦。
我们的亲人，转过脸去喘息
他们什么也没说，他们尽情洗净
身边的杂物。黑夜的铁栅
在白天上了锁，没有人被放出去。
没有看得见的冰，附近也没有火山。

　　　　　　　　2010.10.9

池凌云：《所有声音都要往低音去》

该下一场雨了

一场大雨，落进中年的失败
青春的乳房是一对闹钟，大过雨声
我的迟钝，是木头的迟钝
也是树懒的迟钝
这肉体的部件，内部上紧了发条
给我带来压迫感和干扰
不知这是在天亮之前
还是快递投错了地址
我是跳出睡梦呢，还是甘愿伸向窗外
湿透，我旧报纸一样的手掌

第广龙，1963 年生于甘肃平凉，现居西安。1998 年 6 月加入中国作家协会。1991 年参加《诗刊》第九届「青春诗会」。已结集出版五部诗集、六部散文集。

该下一场雨了

第广龙

一场大雨，落进中年的失败
青春的乳房是一对闹钟，大过雨声
我的迟钝，是木头的迟钝
也是树懒的迟钝
这肉体的部件，内部上紧了发条
给我带来压迫感和干扰
不知道这是在天亮之前
还是快递投错了地址
我是跳出睡梦呢 还是甘愿伸向窗外
淋湿，我旧报纸一样的手掌

第广龙：《该下一场雨了》

朋　友 [外二首]

朋友离去草地已经很久
他带着他的瓢，去了大海
他要在大海里，瓢取海水
远方的火焰正把守海水
他带着他的伤
他要在火焰中盗取海水
天暗下来，朋友要一生才能回来

他却独来独往

没有人看见他和谁拥抱，把酒言欢
也不见他发号施令，给你盛大的承诺
待你辽阔，一片欢呼，把各路嘉宾迎接
他却独来独往，总在筵席散尽才大驾光临

异　类

今天我会走得更远一些
你们没有去过的地方，叫异域
你们没有言论过的话，叫异议
你们没有采取过的行动，叫异端
我孤身一人，只愿形影相随
叫我异类吧
今天我会走到这田地
并把你们遗弃的，重又拾起

东荡子，本名吴波，1964 年生于湖南省沅江市东荡村。高中辍学后当兵于安徽蚌埠某部，后代课、经商、做记者、编辑等。1994 起的十年间，在深圳、广州、长沙、益阳等地工作或闲居。2005 年起任职于广州增城日报社。2013 年 10 月辞世。东荡子 1987 年开始写诗，至 2013 年创作诗歌约 300 首及一批散文、小说、评论。著有诗集《东荡子的诗》。

朋友
东荡子

朋友离去草地已经很久
他带着他的瓢，去了大海
他要在大海里，瓢取海水
远方的火焰正把守海水
他带着他的伤
他要在火焰中盗取海水
天暗下来，朋友要一生才能回来

1995.12.19 的出租屋

东荡子：《朋友》

他却独来独往
东荡子

没有人看见他和谁拥抱，把酒言欢
也不见他发号施令，给你盛大的承诺
佛你辽阔，一片欢呼，把各路嘉宾迎接
他却独来独往，总在筵席散尽才大驾光临
2008-07-16 九雨楼

东荡子：《他却独来独往》

异类　　东荡子

今天我会走得更远一些
你们没有去过的地方，叫异域
你们没有言说过的话，叫异议
你们没有采取过的行动，叫异端
我孤身一人，只愿形影相随
叫我异类吧
今天我会走到这田地
拾起你们遗弃的，重又拾起
2008-04-04 九雨楼

东荡子：《异类》

杜绿绿

两个盲人 [外一首]

翻过一座山，
两个盲人在荆棘林里约会，他们以为
脚下是早春的花儿，桃花梨花，
烂漫如傻子的笑。

这两个人不傻，他们只是坏了眼睛
心肠好好的，
是体面的聪明人，一个是"备受尊敬的瞎子"
另一个是"讨人喜欢的瞎子"。

他们瞒着村里的众人，逃出来了。
他拉着她，
龙卷风也分不开这两只
纠缠在一起的胳膊。

放下肩膀，放下耳朵
他们踏着满地的荆棘向林子深处走去，
像是踩在花儿上。
放下触觉，放下痛觉
他们从摸到的琐碎向下、向上寻找对方。

远处与近处，
不能分辨的雾气里，他摸到她，她摸到他。

精灵故事

他们什么也做不到。
走进地铁站，盲女孩吹起唢呐
高低不平的呼唤他们听不见。
墨镜盖住颧骨，

杜绿绿，本名杜凌云，1979 年生于安徽合肥，2004 年年末开始写诗。著有诗集《近似》（2006）、《冒险岛》（2013）。现居广州。

他们看着异彩的人群笑出了声。

光滑的镜面上
他们追逐反射的光，
想象一所房屋
在此地迅猛生长，法梧盖住前屋后院
"走到外面去"，他们出不去。

他们留在厨房，
生活多年来从不会改变，
煮汤、煮面条，他们手中的事物与爱
是今晚的美餐。

吃下它们，吃下这一天。
他们拿起剪刀
将案板上的小精灵
剪碎、丢进锅里。他们做得到。

这不是童话，
他们正在这里
吃掉我们。像啃一个苹果。
他们做得到。

两个盲人

翻飞过一座山，
两个盲人在荆棘林里约会，他们以为
脚下是早春的花儿，桃花梨花，
烂漫如傻子的笑。

这两个人不傻，他们只是坏了眼睛
心肠好好的，
是体面的聪明人，一个是"备受尊敬的瞎子"
另一个是"讨人喜欢的瞎子"。

他们瞒着林里的众人，逃出来了。
他拉着她，
龙卷风也分不开这两只，
纠缠在一起的蝴蝶。

放下肩膀，放下耳朵
他们踏着满地的荆棘向林深处走去，
像走路在花儿上。
放下触觉，放下痛觉
他们从摸到的玻璃碎向下、向上寻找对方。

远处与近处，
不能分辨的雾气里，他摸到她，她摸到他。

　　　　　　　　　　杜绿绿
　　　　　　　　　　2014.4.11

　　　　　　　　　杜绿绿：《两个盲人》

精灵故事

他们什么也做不到。
走进地铁站，有女孩吹起唢呐
高低不平的呼唤他们听不见。
墨镜遮盖住额骨，
他们看着异彩的人群笑出了声。

光滑的镜面上
他们追逐反射的光，
想象一所房屋
在此地迅猛生长，法梧盖住前屋后院
"走到外面去"，他们出不去。

他们困在厨房
生活多年来从不会改变，
煮汤、煮面条，他们手中的事物与爱
是今晚的美餐。

吃不他们，吃下这一天。
他们拿起剪刀
将案板上的小精灵
剪碎、丢进锅里。他们做得到。

这不是童话，
他们正在这里
吃掉我们。像啃一个苹果。
他们做得到。

杜绿绿 2014.3.28

杜绿绿：《精灵故事》

朵　渔

黑暗来自乌鸦展翅飞翔的一瞬　[外一首]

窗外，大片的云在非法聚集
风暴读着远方的贺词
动物们穿着敲碎的鼓皮
抬着一具蚂蚁的尸体
闪电太猛了，几乎闪了自己的腰
肿么了？到底神马情况？
听说有人死于飘过屋顶的火焰
听说有人在床上发生了交通事故
空洞啊，空洞就像一座县医院
泪水在奔涌着寻找它的源头
黑暗来自乌鸦展翅飞翔的一瞬

清　白

他在世上像棵不生根的树
他在人群里像半个隐身人
他也走路，但主要是漂浮
他活着，仿佛已逝去多年
但他的诗却越来越清澈了
像他早衰的头顶
在灯光下泛着清白的光晕。

我们曾坐在河边的酒吧闲聊
聊一个人的死被全世界纪念
聊侍奉自己的中年多么困难
不断升起的烟雾制造着话题
没有话题的时候就望望窗外
黑暗的运河在窗下日夜不息
沉默的拖轮像条大鱼一闪而过。

朵渔，独立诗人，专栏作家。1973 年生于山东，1994 年毕业于北京师范大学中文系，现居天津。写作诗歌、随笔。曾获「华语传媒年度诗人奖」「柔刚诗歌奖」「后天诗歌奖」「奔腾诗歌奖」，及《诗刊》《诗选刊》《星星》等刊物的年度诗人奖。著有《史间道》《追蝴蝶》《最后的黑暗》《意义把我们弄烦了》《原乡的诗神》《我的呼愁》《生活在细节中》《说多了就是传奇》等多部作品。

黑暗来自乌鸦展翅飞翔的一瞬

朵渔

窗外，大片的云，在咋夜聚集
风暴读着远方的贺词
动物们穿着敲碎的鼓皮
抬着一具蚂蚁的尸体
闪电太猛，几乎闪了自己的腰
肿么了？到底什么情况？
听说有人死于飘起窗顶的火焰
听说有人在对此发生了交通事故
空洞啊，空洞就像一座县医院
泪水在奔涌着寻找它的源头　它
黑暗来自乌鸦展翅飞翔的一瞬

（2011）

朵渔：《黑暗来自乌鸦展翅飞翔的一瞬》

清白

他在世上像棵不生根的树
他在人群里像个隐身人
他也走路，但总是漂浮
他活着，仿佛已超支多年
但他的诗却干净清澈
像他早衰的头颅
在灯光下泛着清白的光晕。

我们曾坐在河边的酒吧闲聊
聊一个人的死被全世界纪念。
聊侍奉自己的中年多么困难
不断升起的烟雾制造着话题。
没有话题的时候就望向窗外
黑暗的运河在窗下日夜不息
沉默的拖轮像条大鱼一闪而过。

朵渔 书

朵渔：《清白》

我喜欢的形象 [外一首]

我喜欢的形象是光头
胡须浓密下巴
用须刀剃出山羊胡子
头发要么很长要么中间
极短，两边剃得
精光，打上啫喱水
让它们爆炸
戴耳环，或高挺的鼻子别一枚
晃动的银质金属
穿皮衣、T恤、黑色
圆领衫
手臂纹上蝎子和
毒蛇的形象

孤独症

我拿着放大镜，这里瞧一瞧
那里看一看

什么都好解释
什么都能讲明白

唯一让我挂念的
是身体里面的那一团疙瘩

我是个喜欢在早晨的雾气中
绕着公园散步的人

是的，你们身体健康
你们笑脸常在

非亚，诗人，建筑师。1965年生于广西梧州，1987年毕业于湖南大学建筑系。和朋友一起主办诗歌民刊《自行车》，出版诗集一部，自印诗集《青年时光》《祝爸爸平安》。现居南宁。

惟独我的身体

存在着一个很深的洞口

《我喜欢的形象》

·非亚·

我喜欢的形象是光头

胡须浓密下巴

用剃刀剃出山羊胡子

头发要么很长要么中间

拔短，两边剃得

精光，打上啫喱水

让它们爆炸

戴耳环，或高挺的鼻子别一枚

晃动的银质金属

穿皮衣、圆丁恤、黑色

圆领衫

手臂纹上蝎子和

毒蛇的形象

2003. 6. 8.

稿纸：20×20=400　　　　第　页　　MeiLiZhiPin

非亚：《我喜欢的形象》

《孤独症》

·非亚·

我拿着放大镜，这里瞧一瞧
那里看一看

什么都好解释
什么都能弄明白

唯一让我挂念的
是身体里面的那一团疙瘩

我是个喜欢在早晨的雾气中
绕着公园散步的人

是的，你们身体健康
你们笑脸常在

推敲我的身体
存在着一个很深的洞口

2010、11.06

非亚：《孤独症》

归 来 [外一首]

归来，只是一服药，一个眼神
梦后依然的战栗，只是起来

推开窗户，吸一口早晨的空气
只是一杯牛奶，两个煮鸡蛋

触摸紫罗兰的手紧握着那句话
遥远忽然清晰，只是水露出

坚定的笑，歌唱来自歌唱本身
琵琶不得不沉默，只是念头

被光照亮，又照亮光，总也
挡不住，只是望着天渐渐放晴

然后对自己说：该出门走走了
归来，只是一秒钟完成的姿势

十二月

雪的影子
比雪更具威力
它提前来临，渗透
各个角落，甚至敲诈天空
让鸟儿纷纷坠落

墨水冻结
文字在笔尖挣扎
风吹着，用刀刃对准门窗
你无路可逃。子夜逼近
有只手已伸进梦中

高兴，诗人、翻译家。1963 年生于江苏吴江。毕业于北京外国语大学。现为《世界文学》副主编、编辑部主任。出版《米兰·昆德拉传》《东欧文学大花园》《布拉格，那蓝雨中的石子路》等专著和随笔集。主要译著有《凡高》《黛西·米勒》《雅克和他的主人》《可笑的爱》《安娜·布兰迪亚娜诗选》《我的初恋》《梦幻宫殿》《托马斯·温茨洛瓦诗选》《罗马尼亚当代抒情诗选》《托马斯·萨拉蒙诗选》等。

归来

归来，……

……

……

……

……

……

高兴：《归来》

十二月

雪亦柿子
比雪更具成力
它摇两手情，渗透
充了间隙，悲之躁讳不安
让写此缓缓跳查

暴水冻住
文字在紧表，挣扎
风吹着，明月独如场谁门窗
街在跳动地，子夜运近
有兴奋之伴进智中

高兴　2007.12 北京

高兴：《十二月》

人工流产 [外一首]

孩子，我必须把你做了。
你死，我活。
那么多盲流的人精
哪知道你在我的身上停住
孩子，死有什么不好
就当搬一次家，过一次户。
有没有名字没关系
死了的无名英雄多了
孩子，你就当一次英雄吧
英雄都是提前进入天堂的人
到了天堂
你就可以俯视我，看不起我了
不过，孩子
只是千万不要低估我的痛苦
如此，我就是正常人了。

月 光

月光是天鹅的一次落水
它被打湿的双翅
拍打着
我家那低矮的房檐

结婚八年了
我还是第一次看见
时间在我家走动
哦，神！
没想到你的鼾声
会这样清白

起风了。月光

格式，本名王太勇，1965 年生于山东。著有诗集《不虚此行》《盲人摸象》《本地口音》，诗论集《看法》《看见》，文化批评集《十作家批判书》。获得第十三届「柔刚诗歌奖」、第二届「井秋峰短诗银奖」、第三届「张坚诗歌奖·2012 年度诗人奖」。

把它的霜脚伸进我的梦里
妻子翻身，儿子切齿
月光遮蔽着我们裸露的部分

如果不是误会
天鹅肯定会烧成灰烬

格式：《人工流产》

月光
格式

月光是天鹅的一次栖止
它收拢了晶莹的双翅
轻轻靠着
我那低矮的房檐

结婚以后了
我还是第一次看见
泪水在我眼眶里走动
哦，神！
没接到你的哭声
会这样凄白

惊飞了，月光
把它的翅膀伸出我的梦里
要翻动的，一切
月光还敷着我的裸露的部分

如果不发谎言
天鹅肯定会绣成灰烬

格式：《月光》

古 马

青海的草 ［外一首］

二月呵，马蹄轻些再轻些
别让积雪下的白骨误作千里之外的捣衣声

和岩石蹲在一起
三月的风也学会沉默

而四月的马背上
一朵爱唱歌的云散开青草的发辫

青青的阳光
漂洗着灵魂的旧衣裳

蝴蝶蝴蝶
青海柔嫩的草尖上晾着地狱晒着天堂

罗布林卡的落叶

罗布林卡只有一个僧人：秋风
罗布林卡只我一个俗人：秋风

用落叶交谈
一只觅食的灰鼠
像突然的楔子打进谈话之间
寂静，没有空隙

古马·1966 年生于甘肃凉州，现居兰州。1986 年开始发表作品。1996 年出席诗刊社第十四届『青春诗会』。曾获第四届『甘肃省优秀文学作品奖』等文学奖。作品入选《二十世纪九十年代诗选》《中国·星星四十年诗选》《情人花朵：人民文学新诗歌》等国内几十种诗歌选本。著有诗集《胭脂牛角》《西风古马》《古马的诗》等。

古马：《青海的草》

罗布林卡的落叶

古马

罗布林卡总有一个情人：秋风
罗布林卡只我一个情人：秋风

用落叶交谈
一只觅食的麻雀
像突然的橛子打进谈话之间
寂静，没有空隙

1998.

古马：《罗布林卡的落叶》

见字如晤

我所认为的贵族

和是否成功无关
和是否有钱无关
我所认为的贵族
是刘亚楼每次从战场上回来
都把皮鞋擦得非常亮
是杜聿明在解放军看守
点名"1号战犯出列"时
说
"我不是1号
我是军人杜聿明"
是我在北京火车站
无意吐了口唾沫
旁边的乞丐
以为我是针对他
对我非常响亮地
"呸"了一声

管党生，1963 年生，祖籍江苏镇江，生长于安徽合肥。1986 年开始写诗。二十一世纪开始成为自由诗人，热爱到处走和网络。诗歌文本被选入各种选集和诗刊，出版个人诗集《我所认为的贵族》。

《我所认为的贵族》

和是否成功无关
和是否有钱无关
我所认为的贵族
是刘亚楼每次从战场上回来
都把皮鞋擦的非常亮
是杜聿明在解放军看守
点名"1号战犯出列"时
说
"我不是1号"
我是军人杜聿明"
是我在北京火车站
无意，吐了口唾沫
旁边的乞丐
以为我是针对他
对我非常响亮的
"呸"了一声

管党生

刺绣的奴隶

在柿子和狗之间
一个小小帝王，黑暗中
交换黄金
月色下杀鱼的人
纸上行走

对那些
我们还看不到脚的东西
我们，仍可称它为爬行动物

妈妈
八点钟的新娘
就要刷牙，刷牙
死去的士兵，香料中再次分娩
刺绣的奴隶，从绸缎上醒来
如果没有粘土和羽毛
没有养伤的海盗
清点纸牌，碰落的银币
面朝十六世纪，向后翻滚
大海，终究是个笑话

书写直肠史诗的敌人妻子
手指上佩戴闪电
把不易清洗的地方
埋得更深

三月七日啊，你在哪里
这里，只有积雪
静静等待灰尘降落
几头母牛
通过慢跑获取爱

海波，1963 年生于江苏，诗人、收藏家。1986 年参与《中国现代诗群大展》的编选。2006 年 3 月创办南京艺事后素现代美术馆。2007 年发起《星星画会回顾展》。现居北京、南京。

刺繡的奴隸

海波

把梯子和狗三門
一個小姑娘,黑暗中
交換黄金
脂小殺魚的人
紙上行走

對那些
我們還洗不到脚的東西
我們,仍可籍它為肥行動物

媽媽
八點鐘的新娘
就要剛平,剛早
死去的土兵,香都中再次逝
刺繡的奴隸 從綢緞上醒來
如果没有粘土和羽毛
没有養傷的海鷗
清點紙牌,硅谷的銀幣
面朝十七世紀,向後翻滚

大海,絶竟是个笑話

書寫直腸东詩的敵人妻子
手指上佩戴 閃電
把不易清洗的地方
埋得更深

三月七日啊,你在哪裡
這裡,只有積雪
静静等待灰塵降落
熊頸母中
通過慢跑獲取愛

1995. 荷山監獄

海波:《刺绣的奴隶》

海　男

在澜沧江春天的纬度里

在澜沧江春天的纬度里

一只黑麋鹿开始跑了起来

荒野上的台阶奔涌着泉水，树枝在一夜间

绿起来，野花摇曳着，黑麋鹿狂欢的季节已来临

当黑麋鹿和另一只黑麋鹿开始接吻时

在澜沧江春天的纬度里

湿度在手心中荡漾开去

神意的降临，是那样喜悦

在澜沧江春天的纬度里

我们的头发从耳鬓前拂开

像峡谷中越过了幽暗的一面镜子

像肖邦越过波兰的那道道急流

在澜沧江春天的纬度里

触摸过我的人，离开我弃我而去的人背转身来

海男，本名苏丽华，1962年生于云南石屏。被称为『中国最有争议的女性主义作家』，诗人。曾被誉为『新世纪十佳青年女诗人』之一。主要作品有长篇小说《花纹》《马帮城》《夜生活》《私生活》等，散文集《空中花园》《我的魔法之旅》等，诗集《虚构的玫瑰》《是什么在背后》《忧伤的黑麋鹿》等。已出版《海男文集》四卷。

在澜沧江春天的纬度里
　　　　海男

在澜沧江春天的纬度里
一只黑麋鹿开始跑了起来
荒野上的台阶奔涌着泉水,树枝在一夜间
绿起来,野花摇曳着,黑麋鹿狂欢的季节已来临
当黑麋鹿和另一只黑麋鹿开始接吻时
在澜沧江春天的纬度里
湿度在手心中荡漾开去
神意的降临,是那样喜悦
在澜沧江春天的纬度里
我们的头发从耳鬓前拂开
像峡谷中越过了幽暗的一面镜子
像肖邦越过波兰的那道道急流
在澜沧江春天的纬度里
触摸过我的人,离开我弃我而去的人背转回来

海男：《在澜沧江春天的纬度里》

三角形的位置 [外二首]

这是母系社会开拓的衍生地
大地正是人类的繁殖谷神
川流中的三角正是地母的牝户
我们就居住在那样的梦境中
此刻正在成为梦的记忆

记住了冬去春来的第一个时辰
川流引来一群群逆水冲浪的鱼苗
老乡亲说　水灾已湮灭了旧宅地
今年要把屋企①建在山腰上
那个山腰就是神女谷

正好是一个等边三角形　野草茂盛
有山泉经过时转动着磨坊水车
水车老了　乡亲们说它是神祖
从明朝至今转动了几百年
养育了好几代宗亲后裔

我想在这块三角地带的位置
建一个小屋　每天眺望时间
流出的溪水……

一个形而上的我

承载着上苍配给的躯体　至今
我也不认识自己的五脏六腑
梦里我完全惊呆了……穿白翅膀
的使者指着一滩内脏说：看吧！
我根本不知道这堆血腥的东西存在体内
生前我们追逐异性的美貌和私密

注①：屋企，广东方言，家。

海上，1952年生于上海，老三届知青，先锋诗人，自由作家。出版《中国人的岁时文化》《自由手稿》《还魂鸟》《人海》《影子奔向四面八方》《死，遗弃以及空舟》《走过两界河》《旷·草木原形》《时间形而上》等多部作品。海上对写字、绘画有着独到的看法，尤其是在史前岩画方面，是国内第一位把岩画和书法融为一体的人，曾在深圳、广州等地举办过书画展。

百年后终于得知我曾舔吻的已经腐糜
那处让我心动过速的私隐已经塌陷
至今……很难从记忆中搜索。上苍
竟然玩弄我的情商（存活百年也枉然）
从稚嫩到成熟　又从成熟到衰竭
生命游戏完全是这堆脏器的兴衰史
而我　只是承运者

悬空的眼睛　或者是魂灵之窗在观赏
哪里还存在人生与大自然的意义
我仅听命于上苍　活着玩着追逐着
因为不认识自己体内的活物
直到大限来临　梦见认领了自己

人与世界

夏日般的中午　高速列车穿越季节
来到下午的冬季。浏阳河上出水芙蓉
幻觉中出现……在喇叭声中
瞌睡醒来　确认一座城市的名称
据说此城也罹患宫外孕
生出一批寿命不长的楼盘
终于有人发现整个人类不啻进化论所述
达尔文的理论不足解释当今世界
美国大选日赶不上提前的飓风
人类已经玩坏了地球
更多的风暴和地质灾害纷纷抵达
时代偶像已成为历史文物
人类的痛觉早已和生命失去联系
悲悯大地……古老地狱旧址拆迁
直截搬入二十一世纪的记忆
气候难辨城乡不分的 2012 年 11 月
行走者放下背囊　开始沐足
至少他知道　飘荡的日子不会结束
（如果不行走　世人将不认识世界）

海上：《三角形的位置》

诗上　　　一个形而上的我

承载着上苍配给的躯体　至今
我也不认识自己的五脏六腑
梦里我完全惊呆了……穿白衣的翅膀
的使者指着一滩内脏说：看吧！
我根本不知道这堆血腥的东西乘自体内
生前我们追逐异性的美颜和私处
若干年后终于得知我曾稔吻的已经腐糜
那段让我心动过速的私隐如同塌陷　已经
至今……很难从记忆中搜索。上苍
竟然玩弄我的情商（存活的梦也枉然）
从稚嫩到成熟　又从成熟到衰竭
生命游戏完全是这堆脏器的兴衰史
而我　　总是承运者

之窗
悬空的眼睛　或者是魂灵　重返观赏
哪里还存在人生与大自然的意义
我仅听命于上苍　活着玩着追逐着
因为不认识自己体内的活物
直到大限来临　梦见领认了自己

海上：《一个形而上的我》

珠江水系航运服务公司

人与世界

夏日般的中午 高速列车穿越季节
来到下半的冬季。浏阳河上长水芙蓉
出现在幻觉中·····在呵斥叫入声中
睡睡醒来 确认一座城市的名称。
据说此城也罹患富贵病
生出一批寿命不长的楼盘
终于有人发现整个人类不需进化论所述
达尔文的理论不足解释当今世界
美国大选日赶不上风暴风的提前
人类已经玩坏了地球
更多的风暴和地质灾害纷纷抵达
时代偶像已成为历史文物
人类的痛觉早已和生命失去联系
悲悯大地·····古老地狱旧址拆迁
直截搬入二十一世纪的记忆
气候难辨幸城乡不分的2012年11月
行走者放下背囊 开始沐足
至少他知道 漂荡的日子不会结束
(如果不行走 世人将不认识世界)

地址:广州市沿江中路 263 号三楼　电话:(020)83379606　传真:(020)83303879　邮政编码:510110

海上:《人与世界》

送一颗炮弹到喜马拉雅山顶　[外一首]

送一颗炮弹
到喜马拉雅山顶
我为这个想法而彻夜不眠
就好像我已登上了
喜马拉雅山顶
亲自看见
在冰块和雪山之间
我送去的炮弹
正闪闪发亮

桃　花

就因为看见了
那些桃花
我整天坐立不安
像掉了魂似的
到晚上终于悟出其中的道理
不是桃花有什么魔力
而是内心深处
这么多年了
总有几个根本的问题
没能得到解决
桃花，只是偶然的
一面镜子

何小竹，1963 年生于重庆彭水，苗族。1979 年参加工作，做过乐队演奏员、编剧、公务员、广告公司文案、夜总会总经理、杂志和出版社编辑。二十世纪八十年代参与『第三代』先锋诗歌运动，为『非非』诗派成员。1996 年开始创作小说。代表作有诗集《6 个动词，或苹果》，小说集《女巫之城》，长篇小说《藏地白日梦》等。现居成都。

送一颗炮弹到喜玛拉雅山顶

送一颗炮弹
到喜玛拉雅山顶
我为这个想法而彻夜不眠
就好像我已经登上了
喜玛拉雅山顶
亲自看见
在冰块和雪山之间
我送去的炮弹
正闪闪发亮

何小竹 1992年

何小竹：《送一颗炮弹到喜马拉雅山顶》

桃花

就因为看见了
那些桃花
我整天坐立不安
像掉了魂似的
到晚上终于悟出其中的道理
不是桃花有什么魔力
而是内心深处
这么多年了
总有几个根本的问题
没能得到解决
桃花，只是偶然的
一面镜子

何小竹
2012年

何小竹：《桃花》

忆杭州

女人研习茶道，
男人礼佛，行医，饮酒。
许多年后，女人变成水，
男人不知所踪。

许多年后，我们依然爱女孩儿，不喜皇帝、僧侣。
是非中灯火阑珊，
老茶树，绿得像个大邮局。

许多年后我去看你，
一阵钟声，去看河坊街里的石狮子。

胡弦，1966年生，现居南京。著有诗集《阵雨》（2010）。曾获《诗刊》「新世纪十佳青年诗人」称号（2009）、「徐志摩诗歌奖」（2012）、「闻一多诗歌奖」（2011）等。

懐 杭州

　　　　　胡弦

女人研习茶道，
男人礼佛、行医、饮酒，
许多年后，如约悠来，
男人不忘阿嫂
许多年后，我们依然爱娇儿，不喜华帝，僧侣
是川中的火罐州。
走草村，绿绵绵似伏的山冈。
许多年后我去君住，
一阵钟声。走君石坊街里的石狮子。

　　胡弦：《忆杭州》

黄灿然

消　逝 [外二首]

就在我眼前，山上那片树林
枝叶如此清晰地晃动，在风中，
每一瞬间的姿态都不一样——
那不是不一样，那是快速地消逝。

这么美

这么美，这么
一尘不染。她站在你面前
就像白云在天空里，树叶在阳光中，
这么玲珑，这么剔透，你很难想象
她这么可爱，也需要做爱。

形　象

我看见整个人类的形象
是一个委身屈膝的顺从者，
而诗人、艺术家、英雄
和所有不屈不挠者，
是他头上的短发
在风中挺立。

黄灿然，1963 年生于福建泉州，1988 年毕业于广州暨南大学新闻系。1990 年至今为香港《大公报》国际新闻翻译。著有诗集《游泳池畔的冥想》《我的灵魂》《奇迹集》等，评论集《必要的角度》《在两大传统的阴影下》等。译有众多欧美诗歌和文论。

消逝

就在我眼前，山上那片树林
枝叶如此清晰地晃动，在风中，
每一瞬间的姿态都不一样——
那不是不一样，那是快速地消逝。

黄灿然：《消逝》

这么美

这么美，这么
一尘不染。她站在你面前
就像白云在天空里，树叶在阳光之中。
这么珍珠，这么别致，任很难想像
她这么可爱，也需要做爱。

黄灿然：《这么美》

形象

我们把整个人类的形象
当一个委身屈膝的顺从者，
而诗人、艺术家、英雄
和他们的不屈不挠者，
是他头上的头发，
在风中挺立。

黄灿然：《形象》

蝙　蝠 [外一首]

蝙蝠在这里，那里
头顶上无数个黑影叠加
顷刻间，我的孤独有了边界

假如我浮上去
和它们一起沐浴
我会成为晚霞难以承受的惊人重压

当蝙蝠慢慢拖动霞光
我孤独着，蝙蝠便是我的黑天鹅
无数尖齿鸣叫着催促我的血流

一圈又一圈
它们幸福的希望在哪里？
还是每只蝙蝠都想试用月亮这块滑板？

我开始感到它们振翅的温暖
蝙蝠，害怕孤独的蝙蝠，也许你我错在——
不能交谈，却如此接近

问题的核心

棕色的东西
其实是蓝色的
黄色的爱情
其实白得单纯
红色的杀戮
其实是黑色的背叛
有些缓慢
其实刺刀一样冲动

黄梵，1963 年生于甘肃兰州，1983 年毕业于南京理工大学飞行动力专业，现为南京理工大学文学教研室主任、副教授。创立和主持先锋文学网站《南京评论》、民刊《南京评论》。出版诗集《南京哀歌》，长篇小说《第十一诫》《等待青春消失》、小说集《女校先生》。曾获第二届『汉语诗歌双年十佳奖』（2010年）、第三届『后天双年度文化艺术奖·后天小说奖』（2009—2010年）等。

亮得耀眼的

其实灰得惭愧

夸耀你的

其实是蓄意的省略

喷薄而出的英雄

其实是委身者

成就其实

是累了的被拒绝

我和你

虽然不同

其实一样要面临结束

蝙蝠
黄梵

蝙蝠在这里，那里
就顶上三五个�聚加
瞬刻间，我的孤独有了连骨

假如我浮上去
和它们一起沐浴
就会成为晚霞难以截爱的诗人重压

当蝙蝠慢又拖动霞光
我孤独着，蝙蝠便是我的黑天鹅
三五只齐鸣叫着维护我的血流

一圈又一圈
它们幸福的希望在哪里？
还是每只蝙蝠都教我用喜悦快滑
林？

我开始盛到它们振翅的温暖
蝙蝠，害怕孤独的蝙蝠，也许你我错
在——
不断叙说，却如此接近

诗写于2002.

黄梵：《蝙蝠》

黄梵：《问题的核心》

飞 扬

树穿过阳光
叶子沾满光辉
我静静地站在那里
闻着树的气息
树叶在飞扬
在散发着新的气息
我不能飞扬
我对命运所知甚少
常常忘掉一切

黄礼孩，二十世纪七十年代生于大陆最南端的徐闻县，诗人、艺术评论家，曾在中山大学、北京大学读书，现居广州。作品入选《大学语文》（教材）等上百种选本。出版诗集《我对命运所知甚少》，评论集《午夜的孩子》，艺术随笔《起舞》《忧伤的美意》等多部。曾获第八届『广东省鲁迅文学艺术奖』、第二届『汉语诗歌双年奖』、第一届『70后诗人奖』等。1999年创办《诗歌与人》，被誉为『中国第一民刊』。

飞扬

　　黄礼孩

树穿过阳光
叶子沾满光辉
我静静地站在那里
闻着树的气息
树叶在飞扬
在散发着新的气息
我不能飞扬
我对命运所知甚少
草草忘掉一场

　　　　　2001年

黄礼孩：《飞扬》

西昌的月亮 [外一首]

如果我说西昌的月亮
像一个荡妇
正人君子会骂我流氓
如果我说西昌的月亮
像一个流氓
人们会笑我胡说
皓月当空的时候
我坐在月光下看一本书
连标点符号都清晰可见
其实西昌的月亮什么也不像
它只是很大

消　息

六月六号
是普通的一天
早上下雨，中午出太阳
下午开始飘雪
晚上，一场风暴过后
有云和月光

吉木狼格，1963 年生于四川凉山彝族自治州，1982 年开始诗歌写作，『非非主义』和『第三代人』代表诗人之一，著有诗集《静悄悄的左轮》《月光里的豹子》等。

吉木狼格

西昌的月亮

如果我说西昌的月亮
像一个荡妇
正人君子会骂我流氓
如果我说西昌的月亮
像一个流氓
人们会笑我胡说
皓月当空的时候
我坐在月光下看一本书
连标点符号都清晰可见
其实西昌的月亮什么也不像
它只是很大

吉木狼格：《西昌的月亮》

消息

六月六号
是普通的一天
早上下雨,中午出太阳
下午开始飘雪
晚上,一场风暴过后
有云和月光

吉木狼格:《消息》

剑　峰

风　暴

风暴来临，此刻
城市停止扩张
我就像地图上
的一个小黑点
迷失在梦境般的棋局里

风暴时而删减
给大地以喘息
天空偶尔出现一抹彩虹
仿佛城市额头的一道伤口

一只灰色的狗被雷电击中
拖曳着彗星的尾巴
高楼的窗格相框鳞次栉比
嵌着每一张阴郁的脸
我在其中摇晃，举棋不定

剑峰，本名郝剑峰，1967 年生于四川剑阁。作品入选《中国诗典》等选集。

风　暴

风暴来临，此刻
城市停止扩张
我就像地图上
的一个小黑点
迷失在梦境般的棋局里

风暴时而削减
给大地以喘息
天空陌然出现一抹彩虹
仿佛城市额头的一道伤口

一只灰色的狗被雷电击中
拖曳着荧星的尾巴
高耸的高楼相框鳞次栉比
嵌着每一张阴郁的脸
我在其中摇晃，举棋不定

剑峰：《风暴》

姜　涛

海　鸥

原来如此，手段不相上下
我站着拍照，镜头像漩涡吸入了万有
你展翅追踪，向世界吐露恶声
海水不平，山木也嶙峋
油炸食品沿曲线低空抛出
却吻合了大众口味，也包括你我
相逢瞬间各取了需要

姜涛，1970 年生于天津，曾先后就读于清华大学生物医学工程专业、北京大学中文系，现为北京大学中文系副教授。出版诗集《鸟经》、批评集《巴枯宁的手》、论著《新诗集与中国新诗的发生》等。

海 鸥

原来如此，手段不相上下

我站着拍照，镜头像漩涡吸入了万有

你展翅追踪，向世界吐露恶声

海水不平，山木也嶙峋

油炸食品沿曲线低空抛出

却 吻合了大众口味，也包括你我

相逢瞬间各取了需要。

2010. 7

姜涛：《海鸥》

最后一首用中文写的诗歌

题记：从上世纪九十年代末起到 2003 年一直没有再写诗。但是，2003 年在哥本哈根写下这首诗。当时是同时用中文和丹麦文写的，因此这是我的最后一首中文诗歌和第一首丹麦文诗歌。从 2005 年起重新开始写诗，以后所写的都是丹麦文。

我坐在哥本哈根的酒吧听年轻人念诗歌

窗外是昏黄灯光下的马路

我很直接地明白

打动我的不是诗句

在首都我是来自边远小城的借宿人

昏黄灯光下的街景如同记忆中遥远地流动的小溪

他们是诗人。语句湍急地从他们的嘴中流出

我没有感动

眼中是玻璃片一样的一张张脸

它们陈旧，或者

它们陌生

我匆匆在这里经过

听首都的一些年轻人朗诵。他们的幽默

以及他们的许多无法使我感兴趣的东西

许许多多

我坐在哥本哈根的酒吧。一些诗句逗出了同行女友们
　　的笑声

我想着另一些事

这些语言的急流只是在我耳边流过，伴随着窗外偶尔
　　驶过的警笛声

仿佛这里真的有着一个世界

女友们窃窃私语谈及她们的心境，而我

京不特，本名冯骏，征修，1965 年生于上海。2000 年加入丹麦国籍。曾在上海师范大学数学系就读，后在丹麦欧登斯大学读哲学。现为诗歌作者、小说作者、剧作者，以及翻译和哲学研究者。

想着另一个地方
另一个地方有着我所牵记的人
爱或者不爱，在欧登塞

在灯光中诵读诗歌，人影如流水在眼前来了又去

它们为我带来的是不是那陈旧而不完整的记忆
或者说是那尚未发生的东西划进了记忆中
它在这样一个昏黄的夜晚出现

在这样一个夜晚我只是借宿者
人们偶然地将我邀请到一个诵读诗歌的酒吧
在这样一个夜晚我来到酒吧，小坐
然后又离开

见 字 如 晤

二0一三年前京不特最后一首用中文写成的
诗歌

（从九十年代到二00三年一直没有写诗.但
是二00三年离开哥本哈根写下了这首诗.当时是
同时用中文和丹麦文写的.因此这是我的最
后一首中文诗歌和第一首丹麦文诗歌.从
二00三年起重新开始写诗.但所写都是
丹麦文）.

我坐在哥本哈根的酒吧听年轻人念诗歌
窗外是昏黄暗绿灯光下的马路
我很直接地明白
打动我的不是诗句
在首都我是来自边远小城的借宿人
昏黄灯光下的街景如同记忆中运送地流动
他们是诗人.诗句满意地从他们的嘴中流出
我没有感动
眼中空隙得像一样的一张脸
它们陈旧.或者
它们陌生
我的句在这里经过

（换页又空行）

听着他们的一些年轻人朗诵.他们的幽默
以及他们的诗中多无法填使我感兴趣的东西
洋洋多多

我坐在哥本哈根的酒吧.一些诗句逸出同行女友们
我想着另一些事
这些语言的急流只是在我耳边流过.伴随着窗外
仿佛这里真的有着一个世界 充满敌意的警笛声
女友们窃窃私语 谈及她们的心境.而我
想着另一个地方
另一个地方有着我所牵记的人
爱我或者不爱.雍在欧登塞.

在灯光中涌漫诗歌.人影都流水在眼前来了又去

它们为我带来的是不是那陈旧的不完整的记忆
或者说是那将来发生的东西划进了记忆中
它在这样一个昏黄的夜晚出现

在这样一个夜晚我也是借宿者
人们偶然地将我邀请到一个涌漫诗歌的酒吧
在这样色一个夜晚.我来到酒吧.小坐
然后又离开.

京不特
2013年6月重抄

京不特：《最后一首用中文写的诗歌》

君 儿

姐 姐 [外一首]

姐姐　转成魂魄的你
应已不再认识我
二十年生死相隔
说话的尘埃和寂默的尘埃
有时　你音容清晰突然立在我面前
一下子使我眼中万象虚化一片
姐姐　我别无所能
码字为生
也不知是否应合于你的意愿
一个字一个字地接近你
直到最后两颗尘埃
可以互相握一下手

歌 钟

头发越掉越少
我想好了
等到"全裸"时
我就去买个假头套
买个十八岁姑娘的外表
去大街上招摇过市
去陌生的远方开辟梦想
让假头套替我逍遥快乐
让假头套替我神魂颠倒
让假头套替我去挣钞票
让假头套替我应付填表
而真的我
秘密坚守一个秃女的谦卑与骄傲
身体变轻　灵魂出窍
那是我的血由红变黑
那是我的繁华在体内葳蕤

君儿，1968年生，1987~1991年就读于山东大学中文系。印有诗集《沉默于喧哗的世界》《大海与花园》。作品入选《被遗忘的经典诗歌》《新世纪诗典》《中国新诗年鉴》《2008~2009：中国诗歌双年巡礼》《2001~2010新世纪中国诗典》等诗歌选本。诗歌作品被澳大利亚西敏先生（Simon Patton）译介，并发表于英文世界诗人诗歌网站。作品入选英文版诗歌选集《中国当代诗歌后浪》CHE in VERSE。

姐姐

姐姐 转成魂魄的你
应已不再认识我
二十年生死相隔
说话的尘埃和寂默的尘埃
有时 你音容清晰突然立在我面前
一下子使我眼中万象羞化一片
姐姐 我别无所能
码字为生
也不知是否应合于你的意愿
一个字 一个字地接近你
直到最后两颗尘埃
可以互相握一下手

君儿：《姐姐》

歌 钟

头发越掉越少

我想好了

等到"全裸"时

我就去买个假头套

买个十八岁姑娘的外表

去大街上招摇过市

去陌生的远方开避梦想

让假头套替我逍遥快乐

让假头套替我神魂颠倒

让假头套替我去挣钞票

让假头套替我应付填表

而真的我

秘密坚守一个秃女的谦卑与骄傲

身体变轻 灵魂出窍窝

那是我的血由红变黑

那是我的繁华在体内藏萩

君儿：《歌钟》

途中的根 [外一首]

途中的根生长在旅途上
旧香难续　手中的美酒
老去了箫声　吹开了脸庞
当生命之树在提问："谁
是最后和惟一的答案?"
我对每一片绿叶的呢喃　途中的根
每一次的吮吸　每一次的俯首
将有意料之外的应答
当我进入清澈的音乐
侧卧在死亡的红晕里
我望见了迢迢远路的风景
噢　风景　我无力承受的伤痛
打开了先知的眼眸
我的眼眸　你不能不动心
途中的根　我途中的居所
我不能不竭力想象
温润派生的完美　宁静虚拟的纯粹
无声的灵魂之哭
使失重的肉躯又再失重　使生存的虚无
再度虚无:一支喑哑的歌谣
不断流逝的归宿　是不断流逝的
我　是那途中的根

一个人的城市

是黑暗把故乡安置
在黎明的遗忘里
是我露水中出没
写下虚无笨拙的札记

拒绝一盏灯的莅临

浪子,本名吴明良,1968年生于广东化州。著有诗集《途中的根》《无知之书》等,编有诗集《俞心樵诗选》《东荡子诗选:杜若之歌》等。现居广州,专事写作。

风带来了沉默的黄金

却带走了归途的食粮

在漫长中是我仰望星辰

只有我的劳作颗粒无收

只有我泪如泉涌

大地最后一座城市　一个人的

秋天已拍马而过

浪子：《途中的根》

一个人的城市

浪子

是这晚起越多空黑
在黎明的遗忘里
是谁露水中消没
记下毫无牵挂的札记

拒绝一盏灯的光临
像带走了荒芜的黄昏
却带走了归途的食粮
在浅白中是谁仰望星辰

只有谁的劳作颗粒无收

源流杂志社稿纸　　　GA0149 号　　　20×15＝300　　第　　页

只有谁回如泉涌
大地最后一座城市　一个人的
秋天已拍马而过

1995. 时住广州长沙路。

源流杂志社稿纸　　　GA0149 号　　　20×15＝300　　第　　页

浪子：《一个人的城市》

今夜我是你的好兄弟

让我醉吧，
趁着今夜我把自己赶出去了，
我会用一生来记住这瓶二锅头。
我一直太清醒，活得太像人，
我不想再看一眼这些装模作样的面孔。
请把空着的杯子给我满上，
让我痛痛快快醉成一摊泥。
让骨头重新回到肉里，
任苍蝇爬过我的眼睑，让我吐自己一脸。
今夜，我倒在什么地方都是一堆垃圾，
今夜，我倒在什么地方，
都是你的好兄弟。

老刀，诗人。2000年参加第16届「青春诗会」。出版诗集《失眠的向日葵》《打滑的泥土》《眼睛飞在翅膀前方》，报告文学《力缚狂魔》。获《北京文学》新世纪首届「北京文学奖」二等奖、首届「徐志摩青年诗歌奖」、「金盾图书奖」、广东省「新人新作奖」等。

今夜我是你的好兄弟

老刀

让我醉吧，
趁着今夜我把自己弄丢了。
我会用一生来记住这瓶二锅头。
我一直太清醒活得太像人，   好
我不想再看一眼立地装逼作的面孔
请把空着的杯子给我满上
让我痛痛快快，醉得成一摊泥。
让骨头重新回到肉里，   脸
任苍蝇爬走我的脸让我吐自己一脸。
今夜，我倒在什么地方都是一堆垃圾
今夜，我倒在什么地方
都是你的好兄弟。

2013. 9. 势

老刀：《今夜我是你的好兄弟》

夕阳与湖光 [外一首]

夕阳将落时
它投映的湖光是紫色的
不全面
山的倒影是黛色的
而光线和水面接触的区域
是金黄的，向外依次是
玫瑰红、胭脂红、淡紫、深紫、靛蓝……
我全然看不清湖水的面目
而我要准确说出光
又是如此之难

独 处

有一小会儿也好，足够了
一个人独自待着。不说话。
熄灯。喝茶。静坐。
把内心腾空，交给天空
任云来云去、流星陨落
我且闲度

李德武，1963 年生于辽宁彰武。1983 年开始诗歌创作。现居苏州。

夕阳与湖光

李德武

夕阳将落时

它投映的湖光是紫色的

不一全面

山的倒影是黛色的

而光线和水面接触的区域

是金黄的，向外依次是

玫瑰红、胭脂红、浅紫、深紫、蔚

蓝……

我全然看不清湖水的面目

而我要准确说出光

又是如此之难。

2012.10

(15×16＝240)

94032

李德武：《夕阳与湖光》

独处

李德武

有一小会儿也好，足够了
一个人独自呆着。不说话。
熄灯。喝茶。静坐。
把内心腾空，交给天空
任云来云去、流星陨落
我且闲庭

2012.11

(15×16＝240)

李德武：《独处》

李 南

小小炊烟 [外一首]

我注意到民心河畔
那片小草　它们羞怯卑微的表情
和我是一样的。

在槐岭菜场，我听见了
怀抱断秤的乡下女孩
她轻轻的啜泣。

到了夜晚，我抬头
找到了群星中最亮的那颗
那是患病的昌耀——他多么孤独啊！

而我什么也做不了。谦卑地
像小草那样难过地
低下头来。

我在大地上活着　轻如羽毛
思想、话语和爱怨
不过是小小村庄的炊烟。

呼 唤

在一个繁花闪现的早晨，我听见
不远处一个清脆的童声
他喊——"妈妈！"

几个行路的女人，和我一样
微笑着回过头来
她们都认为这声鲜嫩的呼唤
与自己有关

李南，二十世纪六十年代生于青海。1983 年发表第一首诗，1994 年出版诗集《李南诗选》，2007 年出版诗集《小》。作品入选国内外多种选本。现居北京。

这是青草呼唤春天的时候
孩子，如果你的呼唤没有回答
就把我眼中的灯盏取走
把我心中的温暖也取走

小小炊烟
李南

我注意到民心河畔
那片小草 它们羞怯卑微的表情
和我心一样的。

在槐岭菜场，我听见了
怀抱断秤的乡下女孩
她轻轻的啜泣。

到夜晚，我抬头
找到了群星中最亮的那颗
那些悲悯的晶粒——他多么孤独啊!

而我什么也做不了。谦卑地
像小草那样跟进他
俯下头来。

我在大地上活着 手如羽毛
思想、话语和呻吟
不过是小小村庄的炊烟。

李南：《小小炊烟》

呼唤

李南

在一个繁花闪烁的年岁，我听见
不远处一个清脆的童声
他喊——"好好!"

几个行路的女人，和我一样
微笑着回过头来
她们都以为这声稚嫩的呼唤
与自己有关。

这是青草呼唤春天的时候
孩子，如果你的呼唤没有回答
就把我脸中的灯盏取走
把我心中的温暖也取走

李南：《呼唤》

红色岁月·第一首

这片陆地是最后一支海军巨大的鳍
上面插着桅杆、旌幡和不可动摇的原则
望远镜在距离中看到了领袖和哲学带来的问题
它倒向内心，察看疾苦和新生事物的来意
我的美德和心病也被火星上的桃花眼所窥破

这片陆地是一只注视和被注视的眼睛
它站得高，看得远，也被更远的耆草所看见
犹如远航归来的船，水手和人群中的眼睛互相发现
我唯一看不清楚的是死，是革命前的文字

因为罗盘已集体赠给了鲸鱼，如同把国家赠给了海军
我说的不是一个岛国，在大战中向游牧民族发射可乐、
　　服装和避孕药
我说的是雷达向基地发射回来的是怨恨和回忆
我不说一段历史，因为那段历史有错误
因为罗盘被冲上海滩的鲸鱼捎给了欧洲，供一个内陆国
　　制造钟表

因为一头大鱼带头把它的鳃又赠给了路过的军舰
因为历史只是时间而已，是政变和发财
我说的是历史需要空间和哲学，需要科技和情人的信息
所以我说的是无线电、载波和卫星
它向基地发射回来的是偈语和谶纬
上升到哲学，就足以占领一代人的头脑

李亚伟，1963年生于重庆西阳，1983年毕业于南充师范学院。1984年与万夏、胡冬、马松、二毛、梁乐、蔡利华等人创立『莽汉』诗歌流派，该流派后来成为中国当代最有影响的诗歌流派之一。1984年与赵野、默默、万夏、杨黎等人发起『第三代人』诗歌运动。1985年与雷鸣雏、万夏、廖亦武、杨顺礼、何小竹等人创办中国当代第一份铅印的民间诗歌刊物《中国当代试验诗歌》。出版诗集《莽汉－撒娇》《豪猪的诗篇》1987年获第四届『作家』奖。2005年获第四届『华语传媒诗歌奖』。

這光陰如是最后一支海軍巨大的魚叉
上面柱着桅杆、旌幡和不可動搖的原則
望遠鏡它距高中看到，領袖和哲學帶来的問题
它倒向内心，察看疾苦和新生事物的来意
我的美德、和心病也被火星上的桃花眼所窺破

這光陰地是一只泠視和裙泪視的眼睛
它站得高，看得遠、心被要鋒的旌旗所看見
犹如遠航归来的船，水手和人聲中的眼睛再的發现
我惟一看不清星的是死、是革命前的文学

因为罗盘已集体贈给鯊魚，如同把國岸贈给軍事
我说的不是一个島國，在大戟中向游牧民族发牙可乐、
　　眼装和医学韻

我说的是雷达向基地发射日寇的思恕和回忆
我不追逐历史，因为那段历史有譜曲
因为罗盘被冲上海灘的魚涼、鯊捕给了另外一个两隻國制
　　是鐘声

因为一头大魚举头把它的鰓又贈给了路过的軍艦
因为万里长星时间而已，是政变和发財
我说的是历史需要空间和哲學，需要科技寄晴人的信息
以为我说的是无线电声波和工廠
它向基地发射回来的是偈语和謎缐
上升和哲學，京无是以占領一代人的头脑

放2013.10.18补写
原写是于1993年冬

写 作 [外一首]

必须闭上或睁开眼睛
必须打开或永久拘禁
身体。养气，在水底练习呼吸
如果可有可无，一定是
可以无。必须承受
技艺漫长的苦役在幽暗的
角落，打磨命运的
矛和盾。必须经受虚荣的
诱惑，和烘烤——
那最后出现之物，不过是自由

绝 句

阉人也有恼人的性欲
委琐之辈也有小小的愤怒和委屈
孤魂，也要望一眼故乡
野鬼，更想有他的藏身之所

李以亮，1966 年生于湖北农村。1986 年开始发表诗歌作品。1987 年大学毕业从事外语教师职业，兼事欧美诗歌翻译和批评。出版诗集《逆行》。曾获《诗刊》《诗神》《飞天》等文学刊物的征文奖，第二届「宇龙诗歌奖」、「后天诗歌翻译奖」等。现居武汉，供职于某通信公司。

写作　　李以亮

必须闭上或睁开眼睛
必须打开或永久拘禁
身体。养气，在水底练习呼吸
如果卑有卑微，一定是
卑以微。必须承受
技艺漫长的苦役在幽暗的
角落，打磨命运的
矛和盾。必须轻蔑虚荣的
诱惑，和快烤——
那最后出现之物，不过是自由

李以亮：《写作》

绝句

李以亮

闲人也有恼人的性态
委琐之辈也有小小的愤怒和委屈
孤魂，也要望一眼故乡
野鬼，更想有他的藏身之所

李以亮：《绝句》

蛛丝迹：数

我在平原上数影子的数目
我是在数那些可以用来佐酒的
时间、地点和人物
记起一个细节的代价是
忘掉更多的细节

高速路上，车流穿来梭去
中国的农村已飘逝而去

刘洁岷，1964 年生于湖北松滋，民刊《新汉诗》创办人。作品见诸多种选本和几种中学教材读本。出版有《刘洁岷诗选》等。现为《江汉学术》编审。

蛛 丝 迹：数

刘洁岷

我在平原上数影子的数目
记起一个细节的代价是
丢掉更多的细节

高速路上，车流穿车梭来
中国的农村 已飘逝而去

2013. 3.

刘洁岷：《蛛丝迹：数》

海上钢琴师

在甲板上弹奏月光下的大海

把甲板弹到发烫

把海水弹到沸腾

大海无边，妄称其大

却只有借助于一架钢琴

才能让我听见内心的声音

你们看见的只是大海上的月光

只是颤抖的手发烫的目光

我看见的只有一片深情的海水

你们全都欢呼着拥上通往彼岸的甲板

我却只有摸黑潜入底舱

把初吻献给沉睡的美人

刘漫流，1962 年生于上海，祖籍山东，现居上海，任教于上海交通大学。二十世纪八十年代开始写作，作品结集有《本世纪的未定稿》《未定稿 2000》《刘漫流短诗选》等。

海上钢琴师

刘漫流

在甲板上弹奏月光下的大海
把甲板弹到发烫
把海水弹到沸腾
大海无边，妄称其大
却只有借助于一架钢琴
才能让我听见内心的声音
你们看见的只是大海上的月光
只是颤抖的手发烫的月光
我看见的只有一片深情的海水
你们全都欢呼着拥上通往彼岸的甲板
我却只有摸黑潜入底舱
把初吻献给沉睡的美人

2006.2.27

即兴曲 [外一首]

出租车上，路边国槐
洒落它细碎的花蕊
淡青色的槐花
轻敷了一地
嗡嗡鸣响的市声中
它悄无声息地播撒
有时落在你的颈脖
或小学生的背包上
你正从编辑部出门
踩到它们细小的身子
地面的颜色和灰暗心境
被改变。时序已进入初夏
这残存的美可以留恋
唯一的六月北方的槐花

复　活

儿时摔过跤的死了多年的老表
今天从他女儿脸上看见了他
充盈笑意的眼神和抿嘴的样子
他没有完全消失，这让人安慰
一场偶然的病魔没完全夺走他
他的血液在怀抱小孩的女儿身上
他顽强活着，过去的老房子
他母亲的影子。随他消隐的一切
在我看见的他女儿身上复活了
还存活在这个世上，他还在
但这也是瞬息。如果没有我
谁会来指证他曾经的在世
当他女儿和我和他一样消逝
他传递的血在他外孙子身上

柳宗宣，湖北潜江人。27岁开始写诗，并旁涉新散文写作。1999年移居北京，曾任《青年文学》杂志诗歌编辑多年。出版诗集《柳宗宣诗选》，散文集《漂泊的旅行箱》。现居武汉，供职于某大学人文学院。

越来越稀薄，又有谁来辨认他
从一个个相似又陌异的身体

即兴曲
　　　　◎柳宗宣

出租车上，跑过的国槐
洒落它细小的花蕊
淡青色的槐花
轻敷了一地
嘈嘈鸣响的市声中
它悄无声息地播散
有时落在你的颈脖
或孩子的肩胛上
你正从楼群踱出门
踩到它们细小的身子
地面的颜色和灰暗心境
被改变。时序已进入初夏
这残存的美可以留恋
惟一的六月北方的槐色

（2008草于北京三里屯
2012,1.改于汉口）

柳宗宣：《即兴曲》

复活

◎ 柳宗宣

儿时摔进跛脚的死了多年的忘俵
今天从他女儿脸上看见了他
充盈笑意的眼神和抿嘴的样子
他没有完全消失。这让人安慰
一场偶然的瘟病没完全夺去他
他心血液在怀抱小孩的女儿身上
地顽强地流着。过去的忘身子
他母亲的影子。随他消隐而一切
在我看见的他女儿身上复湖
还存活在这个世上。他还在
他这世兑瞬息。如果没有我
谁会来指证他曾经的在世
当他女儿和我和他一样消逝
他得逞而血在他外孙子身上
越来越稀薄，又有谁来辨认他
么么个辨认了而异的身碑

(2012.12·湖北潜江)

柳宗宣：《复活》

终　于 [外一首]

终于习惯了在白天的喧嚣中沉默
夜晚却响起了无法抑制的鼾声
是什么让我睡着了还在喊叫

终于因为磨难有了骨气
五万斗米我也不会折腰
诊断书上却宣判我是骨质疏松症晚期

终于知道我手中那些千辛万苦的沙子里
有世人看不见的黄金
它们却在我紧紧抓住时纷纷流逝

终于可以清晰地听见自己的心跳
可身体那列渐渐老去的火车
每次喘息都拉响拐弯或即将到站的汽笛

终于站在自己建造的高楼顶上
瞬息万变的云彩就要为我加冕
我却看见了整个世界都在随我颤抖的双腿摇晃

终于在向疾病学习的过程中学会散步
夕阳的余晖里有我最好的藏身之所
那个承诺跟我捉一辈子迷藏的人却厌倦了寻找

乌云密布，你让我仰望星空

乌云密布，你让我仰望星空
星汉灿烂，你让我俯首大地

刀生锈，你说是刀在想念伤口

卢卫平，1965 年生于湖北红安。获中国第三届「华文青年诗人奖」、2008《诗刊》「年度优秀诗人奖」、2007 中国《星星》「年度诗人奖」、《《北京文学》奖」、首届「苏曼殊诗歌奖」、第四届「华语文学传媒大奖年度诗人提名奖」、「广东省鲁迅文学奖」等。出版《异乡的老鼠》《向下生长的枝条》《尘世生活》《各就各位》等诗集。部分诗歌翻译成英语、葡萄牙语、瑞典语等。现为《中西诗歌》主编。

终　于

卢卫平

终于习惯了在白天的喧嚣中沉默
夜晚却响起了无法抑制的鼾声
是什么让我睡着了还在喊叫

终于因为骨瘦有了骨气
五万斗米我也不会折腰
诊断书上却宣判我是骨质疏松症晚期

终于知道我手中那些千辛万苦的沙子里
有世人看不见的黄金
它们却在我紧紧抓住时纷纷流逝

终于可以清晰地听见自己的心跳
可身体那列运行了老去的火车
每次喘息都挂响拐弯或即将到站的汽笛

终于站在自己建造的高楼顶上
瞬息万变的云彩就象我的处境
我却忘了整个世界都在随我颤抖的双眼摇晃

终于在向疾病学习的过程中学会放弃
夕阳的余辉里有的是好的藏身之所
那个承诺跟我捉了一辈子迷藏的幸福却厌倦了寻找。

2010.1.19

卢卫平：《终于》

剑不出鞘，你说是剑在黑暗中自恋锋芒

我血液中的火焰被你的泪水点燃
我骨头里的钢铁被你的呼吸融化

我曾经的绝望不是找不到水
而是干渴时我的身边只有海洋

我永不放弃不是只有你能给我答案
而是你每天都有新的谜语而不允许我提问

乌云密布，你让我仰望星空

卢卫平

乌云密布，你让我仰望星空
星汉灿烂，你让我俯首大地

刀生锈，你说是刀在想念伤口
剑不出鞘，你说是剑在黑暗中自恋锋芒

我血液中的火焰被你的泪水点燃
我骨头里的钢铁被你的呼吸融化

我曾经的绝望不是找不到水
而是干渴时我身边只有海洋

我永不放弃不是只有你能给我答案
而是你每天都有新的谜语而不允许我提问

2013. 2

卢卫平：《乌云密布，你让我仰望星空》

吕　约

欢爱时闭上的眼睛

欢爱时闭上的眼睛
在仇恨中睁开了
再也不肯闭上
盯着爱情没有看见的东西

欢爱时的高声咒骂
变成了真正的诅咒
去死吧，去死吧
直到死像鹦鹉一样应和
喊着爱情没有宽恕的名字

吕约，20世纪70年代生于湖北，现居北京。90年代开始写作。著有诗集《破坏仪式的女人》、评论集《戴面膜的女幽灵》。

吕约

　　欢爱时闭上的眼睛

欢爱时闭上的眼睛
　　在仇恨中睁开了
再也不肯闭上
　　盯着爱情没有看见的东西

欢爱时的高声咒骂
　　变成了真正的诅咒
去死吧，去死吧
　　直到死像鹦鹉一样柔和
喊着爱情没有党悉的名字

吕约：《欢爱时闭上的眼睛》

岛上云 [外一首]
——忆 2010 年 11 月登三门岛①

第一片是我久违的海发出腥气；
巨大的海磁，吸紧虚幻的谜底。
我伸出手，昂奋的缉私艇
忽略过沿途的野豌豆。

渔民在沙砾路细长的清早，
天空通红，云由暗深机构可见，
一只黑犬在香蕉林低嗅，额头
结满宝石般的老茧。

第二片是沱泞山的弯道，众人
抡起锹镐，随意剁在诗的根部，
希望的奥义来自警灯和号响中，
我看见了骑鲸者，宽阔黑发予我

山杜英的圆锥，鸭脚木的弩钝。
它们的中性，具有鲸的灰和深。
我感觉到了本雅明所说的灵光，
泼动饿鹰攒熟的木瓜。

第三片是空酒瓶在朗诵，通宵的
火边，却有一只冰凉的门把手，
用困倦的腰部说：后面还有谁，
在你离去之前。

其实已没有人。
在我的额边，是顷刻的雨
耦合那早班飞机，是怎样馈赠？
漂流，饮云，海底邮箱幻视的信件。

吕布布，1982 年生于陕西商州。著有诗集《等云到》《内心赤道》。曾获深圳「青年文学奖」，广东省首届「桂城杯」文学奖。现居深圳。

注①：三门岛，大亚湾面积最大的海岛，前沿军事禁地。

岛 上 云

——忆2010年11月登三门岛

第一步是我久违的海发出腥气；
昔日的海平线，吸紧幻的谜底。
我伸出手昂奋的绿和船壁
忽略还沿途的野豌豆。

渔民在沙疏路细长的清早，
天空通红，云由暗深和约可见，
一只黑犬在香蕉林低嗅，额头
结海宝石般的若芒。

第二步是沿滩的要道，众人
挽起锄镐，随意制生诗的根户，
希望的果义来自隆叮和铃响中，
我看见了骑鹤者，凛冽里发予我

山杜英的圆锥，鸭脚木的蜀钟。
它们的中性，具有鲸的灰和深。
我去觉到了不雅呀呀说的哀虱，
滚动蛾鹰攒热的不瓜。

第三步是空酒瓶在朗诵，通肯的
火边，却有一口冰凉的门把手
用回倦的腰卩境：后面还有谁，
在你离去之前。

其实已没有人。
在我的额边，里项到的雨
积合那早班飞机，是怎样馈赠？
漂流 饮云，海角那丽幻视的位件。

※三门岛：大亚湾西我最大的海岛，
　　　　前沿军了禁地。

（写于2014年春，抄于2014.7.21

吕布布

叶 色

寂寞停站的火车，乐意为您效劳
后工业的炼钢，代故乡锈变
酸性反复灰度，池塘飞溅

在公式聒噪的集体楼
有一种挥之不去的感觉
那是厌食症的风，上下穿梭
混乱的眼神，不规则的内容

敏感的脸面对漠然的脸
谁在冬天为时代准备晚餐？
为什么风中，人们青逸深色？

吕布布：《叶色》

马　莉

告密者的兄弟　[外一首]

告密者有一片土地，在镜子后面
照耀着镜子中间，一直照到镜子里面
更深之处，但是晚了
太晚了！一些人从前门走了
另一些人从后院逃跑了
院子太深，花太香，你站在
背朝我的地方，你立刻就认出了我
你坐在空椅子上，月光照耀你的脚
棕榈树从你的脚下生长出来
你给我讲告密者的故事，你说
从前有一个告密者从事着一项
伟大的黑暗事业，但是他的头颅
被人提走了，是被他的兄弟
镜子后面的告密者，事情就这么简单

告诉你一个秘密

今天的世界十分诡异
死亡靠近我们，现实不可名状
人们无话可说，毫无惊讶
毫无秘密可言，季节已经凋零
在蚂蚁的焚身之所，虫子和虫子
经过的地方，大地的口袋睁着虚空之眼
都市布满陷阱，鲜花留下遗嘱
我只懂爱情，光芒的隐痛来自思想的弊病
来自谜语和我们的癖好，蝙蝠滑行的可疑弧线
有一天我告诉你一个秘密
危险的湖泊，骨头的重量
冬日朦胧的午睡，苏醒后溶解的意志
告诉你一个秘密，告诉你我的血液流失的方向
我难以言说的身体的疼痛

马莉，诗人、画家、散文家。生于广东湛江，毕业于中山大学中文系，现居宋庄。原《南方周末》高级编辑。著有诗集《白手帕》《杯子与手》《马莉诗选》《金色十四行》《时针偏离了午夜》，散文随笔集《爱是一件旧衣裳》《怀念的立场》《温柔的坚守》《夜间的事物》《词语的个人历史》《黑夜与呼吸》等。

·马莉·

告密者的兄弟

告密者有一把土地，在镜子后面
照耀着镜子中间，一直照到镜子里面
更深之处，但是晚了
太晚了！一些人从前门走了
另一些人从后院逃跑了
院子太深，花太香，你站在
背朝我的地方，你立刻就认出了我
你坐在空椅子上，月光照耀你的脚
棕榈树从你的脚下生长出来
你给我讲告密者的故事，你说
从前有一个告密者从事着一项伟大的
黑暗事业，但是他的头颅
被人提走了，是被他的兄弟
镜子后面的告密者，事情就这么简单

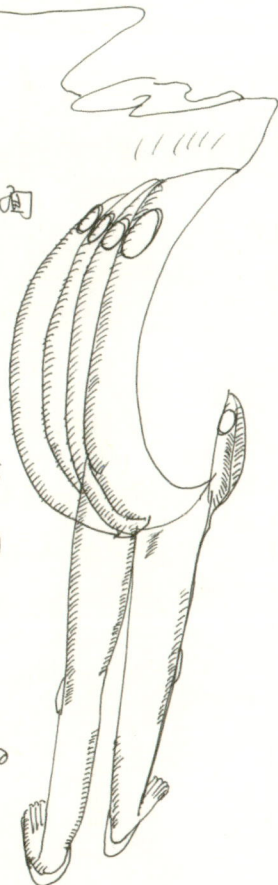

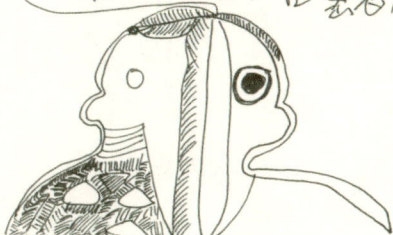

2001.1.29.广州
选自马莉金色十四行p188.

马莉：《告密者的兄弟》

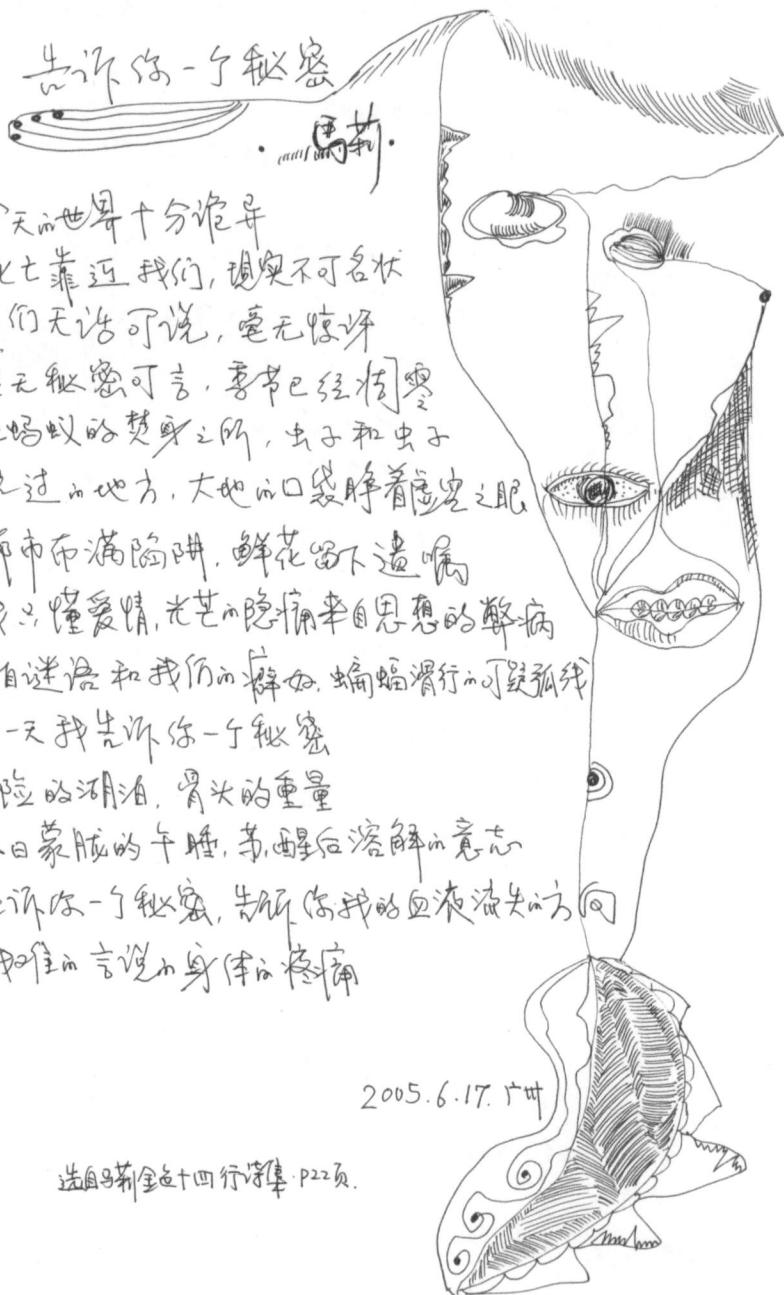

告诉你一个秘密

·马莉·

今天的世界十分诡异
死亡靠近我们，狙击不可名状
人们无话可说，毫无惊讶
毫无秘密可言，季节已经凋零
在蚂蚁的焚身之所，虫子和虫子
经过的地方，大地的口袋装着臭虫之眠
都市布满陷阱，鲜花留下遗嘱
我心懂爱情，光芒的隐痛来自思想的弊病
事相谜语和我们的解决，蝙蝠滑行的可疑孤线
有一天我告诉你一个秘密
危险的湖泊，骨头的重量
冬日蒙胧的午睡，蟋蟀后溶解的意志
告诉你一个秘密，告诉你我的血液流失的方向
我唯一的言说的身体的疼痛

2005.6.17. 广州

选自马莉全色十四行诗集. P22页.

马莉：《告诉你一个秘密》

处女与鸽子 [外一首]

把鸽子和处女
两个名词
放在一起
从齿缝间通过
是不是有一种
嫩嫩的
肉质的感觉

白白的身影
红色的嘴
以及
白色的骨头

早晨通过一匹马的身

从一匹白马
草叶状的耳部

从额头
从双目
从唇吻
到鬃毛
穿过腋毛

一匹意念空无的马
像一片雪地
纯白　双目
是裂开的小小伤口

天上飘过一只月牙
像被割掉的一片马耳

马铃薯兄弟，本名于奎潮，二十世纪六十年代生于江苏东海，先后在华东师范大学、北京大学、南京大学等校学习、进修。自印个人交流诗集若干种，主编《中国网络诗典》《现场——网络先锋诗歌风暴》。2005 年与何言宏、傅元峰发起「南京—汉语诗歌研究计划」。现谋生于江苏文艺出版社。

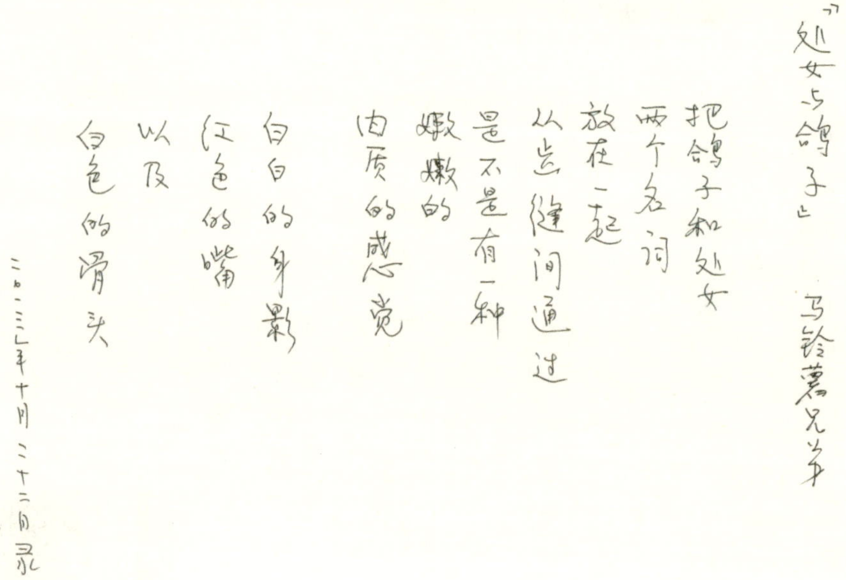

「处女与鸽子」 马铃薯兄弟

把鸽子和处女
两个名词
放在一起
从点缝间通过
是不是有一种
嫩嫩的
肉质的感觉
白白的身影
红色的嘴
以及
白色的骨头

二〇一三年十月二十二日录

马铃薯兄弟：《处女与鸽子》

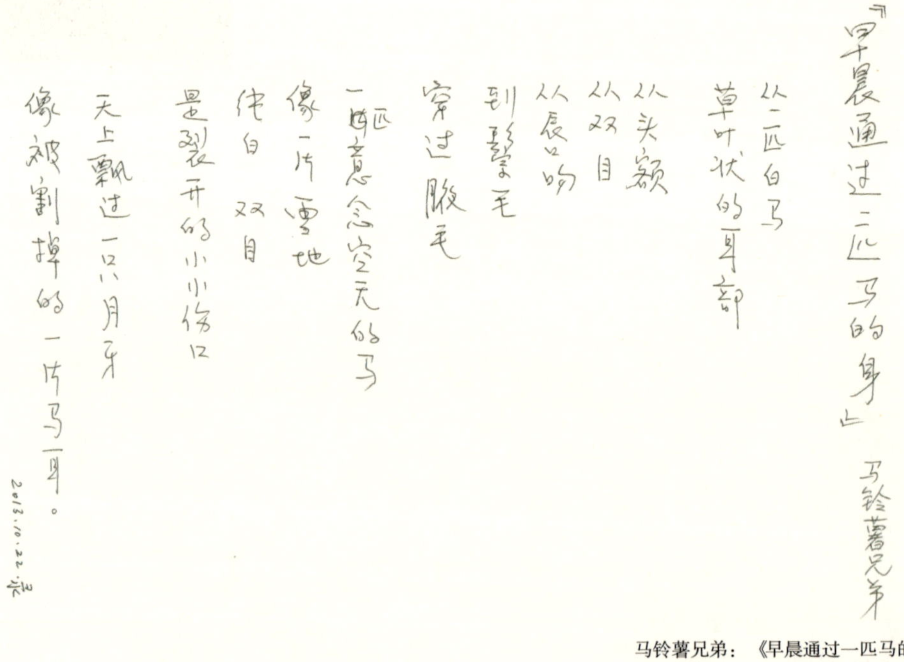

「早晨通过一匹马的身」 马铃薯兄弟

从一匹白马
草叶状的耳部
从头额
从双目
从唇口吻
到鬃毛
穿过腋毛
一匹意念空无的马
像一片雪地
纯白 双目
是裂开的小小伤口
天上飘过一只月牙
像被割掉的一片马耳。

2013.10.22.录

马铃薯兄弟：《早晨通过一匹马的身》

马 非

走 廊

远远看见走廊里
两个人说着什么
其中有我的同事
她讪笑着告诉我
这位先生找海永

找海永的先生
我依稀记得
就在海永的办公室
他们同属一个民族
已是几年前的事了

他和我握手
小声嘀咕："没想到……"
脸上写着悲伤
但更多是焦灼的神色
仿佛非忆海永不可

我安慰他："别急
找到他是迟早的事"
并手指走廊尽头
像猫一样匍匐的
一小片光亮
"也许就在那里"

马非，本名王绍玉，1971 年生于辽宁抚顺，1985 年随父母迁居青海，1989 年考入陕西师范大学中文系，1993 年毕业，在青海人民出版社工作至今。1989 年开始发表诗作，诗作入选《1999 中国诗年选》《2006 中国诗歌年鉴》《现代诗经》《被遗忘的世纪诗典》等数十个选本，著有诗集《一行乘三》（合著）、《致全世界的失恋书》《马非诗选（2000—2006）》、长诗《残片》《青海湖》《履历》。

走　廊

▲ 马非

远远看见走廊里
两个人说着什么
其中有我的同事
她们笑着告诉我
这位先生找海永

找海永的先生
我依稀记得
就在海永的办公室
他们同属一个民族
已是几年前的事了

他和我握手
小声嘀咕："没想到……"
脸上写着惊讶
但更多是焦灼的神色

仿佛非见海永不可

我安慰他："别急
找到他是迟早的事"
并手指走廊尽头
像猫一样圈匐的
一小片光亮
"也许就在那里"

〈完〉

马非：《走廊》

潘　维

追随兰波直到阴郁的天边　[外一首]

追随兰波直到阴郁的天边
直到庸人充塞的城池
直到患寒热病的青春年岁
直到蓝色野蛮的黎明
直到发明新的星，新的肉，新的力

追随，追随他屈辱和咒语
追随他在地狱里极度烦躁的灵光
追随几块阿拉伯金砖
那里面融有沙漠和无穷
融有整个耗尽的兰波

追随他灵魂在虚幻中冒烟的兰波
甚至赤条条也决不回头
做他荒唐的男仆，同性恋者
把疯狂侍候成荣耀的头颅
把他的脸放逐成天使的困惑

短恨歌

把恨弄短一点吧，
弄成厘米、毫米，
弄成水光，只照亮鲑鱼背上的旅行；
弄成早春的鸟叫，
离理发师和寡妇的忧郁很近。

不要像白居易的野火，
把杂草涂改成历史。
也不要学长江的兔尾，日夜窜逃不息。
更不要骑蜗牛下江南，缠绵到死。

潘维，1964 年生于浙江湖州，现居杭州。著有诗集《不设防的孤寂》《潘维诗选》等。曾获「柔刚诗歌奖」、「天问诗人奖」、两岸诗会「桂冠诗人奖」等十余奖项。作品被翻译成多种外语。是当代最重要的汉语诗人之一。

追随兰波直到阴郁的天边

追随兰波直到阴郁的天边
直到庸人充塞的城池
直到患塞热病的青春年岁
直到蓝色野蛮的黎明
直到发明新的星，新的肉，新的力

追随，追随他屈辱和呓语
追随他在地狱里极度烦躁的灵光
追随儿块阿拉伯金砖
那里面融有沙漠和无穷
融有整个耗尽的兰波

追随他灵魂在魔幻中冒烟的兰波
甚至东奔西突也决不回头
做他荒唐的男仆，同性恋者
把疯狂侍候成荣耀的头颅
把他的脸方孔成天使的团惑

1991.
潘维

潘维：《追随兰波直到阴郁的天边》

把恨弄短一点，
就等于把苦难弄成残废，
就等于床榻不会清冷。

在孤独纷飞的柳絮下，
爱情是别人的今生今世，
即便我提前到达，也晚了；
即便玉环戴上无名指，
恨，也不关国家的事。

短恨歌

把恨弄短一点吧，
弄成厘米、毫米，
弄成火光，只照亮鲤鱼背上的旅行；
弄成早春的鸟叫，
离理发师和寡妇的忧郁很近。

不要像自屠场的野犬，
把杂草涂改成历史，
也不要学长江的兔毫，身后窜逃不息，
更不要骑蜗牛下江南，缠绵到死。

把恨弄短一点，
就等于把苦难弄成残废，
就等于床榻不会清冷。

在孤独纷飞的柳絮下，
爱情是别人的今生今世，
即便我提前到达，也晚了，
即便我玉环戴上无名指，
恨，也不关国家的事。

2006.8.20.   潘维

潘维：《短恨歌》

盐碱地 [外一首]

在北方　松嫩平原的腹部
大片大片的盐碱地
千百年来没生长过一季庄稼
连成片的艾草也没有
春天过后　一望无际的盐碱地
与生命有关的
只有散落的野花
和零星的羊只

但与那些肥田沃土相比
我更爱这平原里的荒漠
它们亘古不变　默默地生死
就像祖国多余的部分

去年的窗前

逆光中的稻穗　她们
弯腰的姿态提醒我
此情此景不是往日重现
我　还一直坐在
去年的窗前

坐在去年的窗前　看过往的车辆
行驶在今年的秋天
我伸出一只手去　想摸一摸
被虚度的光阴
这时　电话想起
我的手　并没有触到时间
只是从去年伸过来
接了一个今年的电话

潘洗尘，诗人，1963 年生于黑龙江，1986 年毕业于哈尔滨师范大学中文系。二十世纪八十年代开始诗歌创作，作品曾多次获奖并被译为英、法、俄等多种文字，先后出版诗集、随笔集共七部。2007 年以来创办《诗歌 EMS》周刊、《读诗》、《译诗》、《评诗》等多种诗歌媒体，并担任多家诗歌刊物的主编。

盐碱地　　潘洗尘

在北方　枯萎平原的腰部
大片大片的盐碱地
中国是从生长过一年庄稼的
这块场的文章也没有

春风过后　一路相伴的盐碱地
无生命般的
只有寂寞的野花
和零星的茅草

像我那些跑旧了衣土扑面
我又爱过平庸的荒漠
这似乎古老的爱　那么地生动
就像祖国寻常的祝福

2002

主办：《诗探索》编辑部　《谛诗》编辑部　《星星》诗歌理论月刊编辑部　《诗歌EMS》周刊编辑部　诗生活网站　大理学院文学院

潘洗尘：《盐碱地》

2012·天问中国新诗新年峰会

主办：《诗探索》编辑部　《读诗》编辑部　《星星》诗歌理论月刊编辑部　《诗歌EMS》周刊编辑部　诗生活网站　大理学院文学院

潘洗尘：《去年的窗前》

镜　像

西瓜里发现了身体
想象中一个人的二分之一

用刀再杀一下
过一会儿还有客人要来

祁国，1968 年出生，诗人、剧作家、书画家、荒诞诗派创始人之一，『蛮书』书法流派创始人，苏州诗院主持，『美丽岛·中国桂冠诗歌奖』组委会主席。其诗歌及艺术作品注重独立、智性、创造，被收入多种权威选本及展览。

镜像

你是我也不镜像
也许中心化的冷三

因为知识不下
上苍知道谷人重生

祁国门
2013.10.15重抄

祁国：《镜像》

中药房 [外一首]

日出和日落，要经过路边的中药房
欲念被幌子悬置在空中，这高度
使世俗的心受伤，美梦如同疾病
风把炮制中的药香
一直送到人的尽头，时间的尽头

药房是一座永远的图书馆
众多的名字令人不寒而栗
漂浮的头颅如临深渊，思想
仿佛蚕蛹，落入药剂师掌中
在干旱的年份几乎成为空壳
食物、天气、眼泪和词
把神经性瘙痒扩散到毫发
我们无以名之的痉挛和恐慌
在药房的戥子上都有分量

人对世界的理解一如中药对于疾病
哲学利用了这个关系，在药房深处
茂密的罂粟丛里，炼丹、读经
通过纷乱的世事重组时间
医学在另外的瓶子里，从草根提血
从花朵观海，以方剂救世
良药苦口，我们一生的把柄
在架上的某一只药屉里，或迟或早
要被抽出来搭配和调制
一朵花医治另外的花
一根骨头克服另一根骨头
动物的机体，嚎叫出生命的辩证法

烘、炮、炒、洗，蒸、煮、泡、漂
医治和救助使事物纯净，贮藏

秦巴子，1960年生于西安，诗人、作家。著有诗集《立体交叉》《纪念》《理智之年》《在长安》等，长篇小说《身体课》，短篇小说集《塑料子弹》，随笔集《时尚杂志》《西北偏东》《我们热爱女明星》，文化批评随笔集《有话不必好好说》，合著《时尚杀手》《十作家批判书》《十诗人批判书》等，主编《被遗忘的经典小说》（三卷）。获得第二届『新世纪诗典』年度大奖』（2012）『金诗奖』。

使心性趋向平和。生活简化为吃药

人就能从尘土中看到真相

而如此多的死亡却在真相之外

药房之外，未及消化的早餐和未了的

心愿，顷刻之间成为内脏。中药

人人可卖，而谁能改变时间的方向？

上午是药房最忙的时刻

坐堂的老人满面沧桑

渺茫的世事透过玻璃

使候诊的脸受潮。男人伸出胳膊

女人把衣摆提到胸部，中药

让青春持续到午后，存在就成为书籍

我们一生的阅读都是消除痛苦

理解即是诊治，中药房最后说出

真相：一切活物都有疾病

   一旦死去皆可入药

秦巴子：《中药房》

雕塑家

他创造过许多神圣的躯体
伟人、野兽和美女。现在
面对这块上好的石料
他有些犹豫……

太阳下山之前
他照着自己的样子
凿出嘴，但紧闭着
生活就像石头
保持着沉默的本性
他不想多说什么。接着

凿出圆睁的眼睛
得好好看看自己，他想
他凿出鼻子，为了完整
凿出耳朵，但他怀疑
这世界
还会有什么惊人的消息

月亮还没有升起
天空似乎阴郁又暧昧
对着这洁白的大理石身体
他拿不定主意
是造个男人还是女人……

第二天早晨，他感到
从未有过的疲惫
他知道自己再难起身
于是，照着每天出门的样子
凿出腿，让雕像离去

秦巴子：《雕塑家》

桑 克

愤 怒 [外一首]

我越来越愤怒。
我一天比一天愤怒。
我一秒比一秒愤怒。
我不想愤怒，我不愿愤怒。
我恨不得满墙写满制怒。
我恨不得变幻出一千双手，
伸到自己的胳肢窝中。
恨不得扯开自己的嘴角，
让它露出一丁点儿的笑容。
我不想愤怒，我不愿愤怒。
我只想快乐，只愿快乐的声音
伴随我的余生。
然而我越来越愤怒。
一天比一天愤怒，一秒比一秒愤怒。
为这些谎言，为这些柔软的暴力，
为这些用尽全世界的粗口也不能倾泻干净的人与事，
为这个冬天——只有它让我稍微安静一会儿，
只有它让我按下愤怒的暂停键。
然后放声大哭。

疯

我还是有点儿疯，
疯得要命，在某一个瞬间。
甚至癫狂，暴力，
对着什么就是一通火焰。

我是文质彬彬的外表，
里面全是黑暗。
这话说得绝对了，
我只是想提醒自己。

桑克，1967 年生于黑龙江密山 8511 农场，1989 年毕业于北京师范大学中文系，现居哈尔滨。著有诗集《午夜的雪》《诗十五首》《滑冰者》《海岬上的缆车》《桑克诗歌》《桑克诗选》《夜店》《冷空气》《转台游戏》《风景诗》《霜之树》《冬天的早班飞机》《欢乐颂》，翻译诗集《菲利普·拉金诗选》《学术涂鸦》《谢谢你，雾》《第一册沃罗涅什笔记》。作品获得过「刘丽安诗歌奖」「人民文学诗歌奖」，并被译为英、法、西、日、希、斯、孟、波等多种文字。

桑克的诗

愤怒

我越来越愤怒。
我一天比一天愤怒。
我一秒比一秒愤怒。
我不想愤怒，我不愿愤怒。
我恨不得满墙写满愤怒。
我恨不得变幻出一千双手，
伸到自己的胳肢窝中。
恨不得扯开自己的嘴角，
让它露出一丁点儿的笑容。
我不想愤怒，我不愿愤怒。
我只想快乐，只愿快乐的声音
伴随我的余生。
然而我越来越愤怒。
一天比一天愤怒，一秒比一秒愤怒。
为这些流言，为这些柔软的暴力，
为这些用尽全世界的粗口也不能饭洗干净的人与事，
为这个冬天 —— 只有它让我稍微安静一会儿
只有它让我按下愤怒的暂停键。
然后放声大哭。

2010年3月3日 12时10分

桑克：《愤怒》

反抗是不是黑暗的？
可能吧。不过，这个必须
保存，犹如保存火种，
保存怒气冲冲。

我知道有点儿矛盾。
我自有分寸。不是
自以为是的分寸，是真正的
恰如其分。

怎么面对时代，面对
寒冷的冬天。
融化的雪泥，疯一阵子，
迅即归于平静。

墨色的诗

疯

我还是有点儿疯，
疯得要命，在某一个瞬间。
甚至癫狂，暴力，
打骂什么就是一通火焰。

我是文质彬彬的外表，
里面全是黑暗。
这话说得绝对了，
我只是想提醒自己。

反抗是不是黑暗的？
可能吧。不过，这个必须
保存，犹如保存火种，
保存怒气冲冲。

我知道有点儿矛盾。
我自有分寸。不是
自以为是的分寸，是真正的
恰如其分。

怎么面对时代，面对
寒冷的冬天。
融化的雪泥，疯一阵子，
迅即归于平静。

2010年2月25日6时15分.

桑克：《疯》

森 子

软 弱 [外一首]

坐在伞叶上，说几句疯话，
雨点的断线接通，
表达无远近。

雨外的人热感冒，急于发言，
又找不到消过毒的话筒，
所以关闭了声道。

青蛙轧扁在车轮下，
肇事的眼球一片昏花，
雨丝中断，接线员在读琼瑶。

握伞柄的手猛然抽搐，
我何以得到庇护？堤角上，
柳丝抱住波涛痛哭。

但我没那么做，因为冷漠
穿着体面的制服，在每个傀儡
面前，我放一个积木。

闪电须知

五垄葱绿如共青团，
偷开的小菜园茵茵，
恰似邻居李二嫂。
傍晚，向日葵低垂，雨燕
在肚皮上行酒令，
豆娘和蜻蜓熠熠生辉，
目光停向湍湍激流中的一艘皮划艇。

森子，二十世纪六十年代生于黑龙江哈尔滨。毕业于河南省周口师专艺术系。1991 年年初与诗友创办《阵地》诗刊，策划、主编《阵地》诗刊 10 期。出版诗集《闪电须知》《采花盗》《平顶山》《与你有关的灿烂》散文集《戴面具的杯子》《若即若离》等。2010 年与人主编《阵地诗丛》。2007 年获「刘丽安诗歌奖」。

软弱
　　森子

坐在平叶上，说几句疯话，
雨后的断线接通，
表达无远近。

雨外的人热感冒，急于发言，
又找不到消过毒的话筒，
所以关闭了声道。

青蛙被扁在车轮下，
肇事的眼球一片昏花
雨丝中断，接线员去演逍遥。

握伞柄的手猛然抽搐，
我们如何得到庇护？墙角上
柳丝抱住波涛痛哭。

但我没那么软弱，因为冷漠
穿着华丽的制服，在每个傀儡
前面，我放一个积木。

2013.7.15.录

森子：《软弱》

闪电须知
森子

玉色葱绿似如共青团，
偷开的小黄瓜面前，
恰似邻居李二嫂。
傍晚，向日葵低垂，雨燕

在陡坡上行酒令，
丟娘和蜻蜓熠熠生辉，
月光停靠端满激流中的一艘皮划艇。

2013.7.8录

森子：《闪电须知》

此诗写给大海

阳光在海上
并不像海浪那样汹涌
在凌乱的雪糕纸　方便袋
和发臭的水草之间　一小片阳光
在我面前移动、移动
它的平静显得多么可疑

我们在海上　也不是像一阵海风
或者另一阵海风　柔顺和无辜
——海水之中我悄悄脱下
蔚蓝色的泳裤　把它扔给
不再蔚蓝的大海

直到落日之后　我仍然不能
昂首挺胸地上岸　在海水浴场
我其实更像一只羞涩的海鲜

邵风华，诗人、批评家。1969 年出生。1983 年开始诗歌、小说写作。1990 年毕业于交通部济南交通高等专科学校。2002 年至 2004 年漂泊于中亚外高加索地区，旅居巴库。做过筑路技术员、保密干事、机关职员、企业高管、私营书店店长、卫生洁具经销商等。著有诗歌、小说、随笔及批评文字若干。与友人创办和编辑《向后》《诗歌》等。现居东营。

此诗写给大海

阳光在海上
并不像海浪那样汹涌
在漂流的雪糕纸、方便袋
和发臭的水草之旁　一小片阳光
在我的脚掌边、移动
它的平静显得多么可疑

我似在海上　也不完像一阵海风
或者多一阵海雨　柔顺和无声
——海水之中我情：脱下
蔚蓝色的泳衣　把它抛弃
不再蔚蓝的大海

直到归去之后　我仍然无悔
尽管摸朋地上岸　在海边沙滩
我其实更像一只羞涩的海狸
　　　　　　　2009.9.16
　　　　邵风华

邵风华：《此诗写给大海》

沈 苇

沙 [外一首]

数一数沙吧

就像你在恒河做过的那样

数一数大漠的浩瀚

数一数撒哈拉的魂灵

多么纯粹的沙，你是其中一粒

被自己放大，又归于细小、寂静

数一数沙吧

如果不是柽柳的提醒

空间已是时间

时间正在显现红海的地貌

西就是东，北就是南

埃及，就是印度

撒哈拉，就是塔里木

四个方向，汇聚成

此刻的一粒沙

你逃离家乡

逃离一滴水的跟随

却被一粒沙占有

数一数沙吧，直到

沙从你眼中夺眶而出

沙在你心里流泻不已……

加拉加斯贫民窟

穷人的避难所遗弃在山上

铁皮、石块、烂木头万岁

破房子的聚会万岁

一种悬空的摇晃和蔓延

从来降落不到地面

穷，也要给它一点颜色

沈苇，1965 年生于浙江湖州，大学毕业后进疆，现居乌鲁木齐。著有诗集六部、评论集两部、散文集四部。参加过以色列第十届『尼桑国际诗歌节』、韩国『2011 亚洲诗歌节』、委内瑞拉第十届『世界诗歌节』等。诗歌被译成英、法、日、韩、俄罗斯、西班牙、希伯来、罗马尼亚等十几种文字。获『鲁迅文学奖』(1998)、『刘丽安诗歌奖』(2008)、『柔刚诗歌奖』(2011)、『《诗刊》年度诗歌奖』(2012) 等。

沙

数一数沙吧
就像你在恒河做过的那样
数一数大漠的浩瀚
数一数撒哈拉的德灵
多么纯粹的沙，你是其中一粒
被自己拔大，又归于细小、寂静
数一数沙吧
如果不是柽柳的提醒
空间已是时间
时间正在显现红海的地貌
西就是东，北就是南
埃及，就是印度
撒哈拉，就是塔里木

四个方向，汇聚成
此刻的一粒沙
你逃离家乡
逃离一滴水的跟随
却被一粒沙占有
数一数沙吧，直到
沙从你眼中夺眶而出
沙在你心里流泻不已……

2013年1月13日

沈苇：《沙》

将简陋涂抹得漂漂亮亮
几乎是一种童年信仰
让绝望召唤救星：
圣母玛利亚、玻利瓦尔
持枪的游击战士……
苦涩喂养的黄钟花
一盏盏加拉加斯之灯
照亮混血的脸庞

入夜，贫民窟灯光
像密密麻麻的萤火虫
爬满山坡和山顶
倘若今夜灯光比昨夜亮了些
是因为添加了无助者
太多的不眠之火

加拉加斯贫民窟

穷人的避难所遗弃在山上
铁皮、石块、烂木头万岁
破房子的聚会万岁
一种悬空的摇晃和蔓延
从来降落不到地面

穷，也要给它一点颜色
将简陋涂抹得漂漂亮亮
几乎是一种童年信仰
让绝望召唤救星：
圣母玛利亚、玻利瓦尔
持枪的游击战士……
苦涩喂养的黄钟花
一盏盏加拉加斯之灯
照亮混血的脸庞

入夜，贫民窟灯光
像密密麻麻的萤火虫
爬满山坡和山顶
倘若今夜灯光比昨夜亮了些
是因为添加了无助者
太多的不眠之火

2013年8月14日

沈苇：《加拉加斯贫民窟》

世　宾

马　[外一首]

雪落在宽阔的坡地上
岩石、枯草在沉睡，没有声息
马在山坡上停下，只一会
雪便盖住了它喘息的背
它喷着热气，双腿轻轻地颤抖
它把头埋下，舔了一口雪
又抬起头，望了望群山
它剧烈地抖动着鬃毛

小鸟再次飞过

小鸟再次飞过，从我的身边
投下小小的身影，匆忙、慌张
我不知道它的肺已经发黑
在汽车的废气中，它掠过
不远处的林子，一声鸣啭
便消失在立交桥下
它依然光鲜的样子，让我的心
忽然漾起涟漪，像此时
灿烂的阳光，在叶子上轻轻颤动了一下

世宾，本名林世斌，1969年生于广东潮州，现供职于广东作家协会，「完整性写作」的主要倡导者和理论阐述人。已出版诗集《文明路一带》《大海的沉默》《迟疑》，诗合集《如此固执地爱着》，评论集《批评的尺度》，诗论《梦想及其通知的世界》。

马

世宾

雪落在宽阔的坡地上
岩石、枯草在沉睡，没有声息
马在山坡上停下，只一会
雪便盖住了它喘息的背
它喷着热气，双腿轻轻地颤抖
它低头喝下，舔了一口雪
又抬起头，望了望群山
它剧烈地抖动着鬃毛

2003

世宾：《马》

小鸟再次飞过
世宾，
小鸟再次飞过从我的头顶
投下小小的身影，匆忙、慌张
我不知道它的肺已经发黑，
在汽车的废气中，它掠过
不远处的林子，一声鸣叫
便消失在立交桥下
它依然光鲜的样子，让我的心
多些漠然游离，像此时
灿烂的阳光，在叶子上轻轻颤动了一下

世宾：《小鸟再次飞过》

宋晓杰

暮晚的河岸 [外一首]

这河流、这土地，又长了一岁
对于浩荡的过往来说，约等于无
三月，空无一人的河岸
没有摇动的蒿草、旗幡和缠人的音乐
也没有失魂落魄的小冤家要死要活
高架桥郁闷着，怄着气，生着锈
晚霞如失火的战车，轰鸣而下
并不能使冰凉的铁艺椅
留住爱情的余温

这个时候，积雪行至中途
而河滩的土，又深沉了几分
真的，我不能保证
倒退着走，就能回到从前

三月的小阳春，不过是假象
余寒，依然橇得动骨头
空风景干净、清冽，没有念想
如十字路口那一摊尚未燃尽的纸灰
正慢慢降下体温，不知在怀念谁

新一年的决心书

我准备速度，也准备缓慢
准备笔，也准备枪
准备衰老，也准备青春
准备连绵的绿色，也准备肥胖的稻谷
准备书写、图画和镜头，也准备音乐和空闲
准备风霜雨雪，也准备月光、淡茶和清香
准备做孩子，也准备分门别类的角色

宋晓杰，1968 年生于辽宁盘锦。已出版各类文集十四部。曾获第二届『冰心散文奖』、2011 年度『华文青年诗人奖』、『辽宁文学奖』、2009『冰心儿童图书奖』等。参加过第十九届『青春诗会』和鲁迅文学院第七届中青年作家高研班。2012—2013 年首都师范大学驻校诗人。

　见字如晤

准备堕落、灰心、苦恼、气愤
也准备崛起、悔过、道歉、破泣而笑

总之，准备以背道而驰的方式接近
熟悉和崭新的未知、变故、抉择……
——大道辽阔，走我这一边

宋晓杰：《暮晚的河岸》

新一年的决心书
图·文/宋晓杰

我准备速战，也准备缓慢
准备笑，也准备哭
准备衰老，也准备青春
准备连绵的绿色，也准备肥胖的稻谷
准备书写、图画和镜头，也准备音乐和空闲
准备风霜雨雪，也准备旧光、浓茶和清香

准备做孩子，也准备另门别类的角色
准备堕落、灰心、鄙夷、气愤
也准备崛起、悔过、道歉、破涕而笑

总之，准备以背道而驰的方式接近
热爱和崭新的未知、变故、抉择……
——大道辽阔，走我这一边。

2014.3.10. 于北京·朝阳.

宋晓杰：《新一年的决心书》

　见字如晤

乘闷罐车回家 [外一首]

腊月将尽
我整好行装，踏上旅程
乘闷罐车回家
跟随一支溃散已久的大军

平日里我也曾自言自语
这一回终于住进
铁皮屋顶
一米高处开着小窗
是小男孩办急事的地方
女孩呢，就只好发挥
忍耐的天性
男男女女挤满一地
就好像
每个人心中都有一位沙皇
就好像
他们正开往西伯利亚腹地

夜里，一百个
梦境挤满货舱
向上升腾
列车也仿佛轻快了许多
向雪国飞奔

我无法入睡
独自在窗前
把冬夜的星空和大地
仔细辨认
我知道，不久以前
一颗牛头也曾在此处
张望过，说不出的苦闷

宋晓贤，1966 年生于湖北天门，1989 年毕业于北京师范大学中文系。现任职于广州一家报社。1992 年开始诗歌写作，为民间诗刊《葵》诗刊成员、民间诗刊《白》的发起人之一。作品发表于《一行》《葵》《诗参考》《诗文本》《天涯》《诗刊》《星星》《北京文学》《十月》《大家》《花城》等刊物。作品入选《1999 中国新诗年鉴》。出版诗集《梦见歌声》《马兰开花二十一》。

《乘闷罐车回家》　　　　宋晓贤

腊月将尽
我整好行装，踏上旅程
乘闷罐车回家
跟随一支溃散已久的大军

平日里我也曾 自言自语
这一回终于住进铁皮圆顶
一朵高处开着小窗
是小男孩办急事的地方
女孩呢，就只好发挥
忍耐的天性

男么女么挤满一地
就好像
每个人心中都有一位沙皇
就好像
他们正开往西伯利亚腹地

夜里，一百个梦境挤满货舱
向上升腾
我无法入睡
独自在窗前
把冬夜的星空和大地
仔细辨认
我知道，不久之前
一颗牛奶也曾在此处
了望过，说不出的苦闷
此刻，它躺在谁家的鹿栏里
把一生的见闻咀嚼回想

寒冷的日子
在我的祖国
人民更加善良
像牛群一样闷声不语
连笑也笑得没有声响

1990年

宋晓贤：《乘闷罐车回家》

此刻，它躺在谁家的厩栏里
把一生所见咀嚼回想

寒冷的日子
在我的祖国
人民更加善良
像牛群一样闷声不语
连哭也哭得没有声响

惧 怕

我出生在一个恐惧的时期
那个时代留给我的
是脆弱的肉体和心灵
我每天都在惧怕，担忧
疑虑重重
我怕上街，怕车不长眼睛
怕热带的太阳，怕闪电
怕骗子近前搭话，也怕熟人
跟我疏远
怕身体出问题，怕牙齿掉得过早
怕功能消退，怕病怕死
怕失业，怕将来没吃的
养不活妻儿和自己
怕未来，也怕过去的罪孽
找上门来
惧怕住在我家，住在我心里
跟我聊天，拥抱我
这些年，它跟我成了老朋友
比我的爱人还要亲
但，我所惧怕的迎面而来
我的生命，也一点点被我所惧怕的强盗
夺走

宋晓贤：《惧怕》

孙文波

三月二十四日的歌德 [外一首]

永远的少年，不停地枪击
太多的泪水流成了纸
维特啊夏洛蒂，你们是伤心的人

三月的天空像一面镜子
蛰伏了一个冬天的事物
开始熙熙攘攘，人面桃花开来荡去
一些是柔软的黄金
一些在寻找嘴唇

明天。明天是文字的敌人
不读书的人很幸福，只死一次
读书的人一死再死
为虚无的人死，为死了的人死

"文革"镜像

一场武斗之后，二十几辆卡车
放下挡板，载着尸体在街上缓缓前进
我怀着好奇的心情站在街角
加入观望的人群，听人们谈论
子弹钻进人体如何像花一样炸开
我眼前出现幻景：一朵朵花
从人的头顶、胸前、背部绽放
我还注意到：在一辆车上
从包裹的尸布露出的脚，一只脚穿着鞋
另一只袜子烂着洞，露出脚趾
它使我想起爷爷有一次告诉
我的话：人死时穿着什么
到了阴曹地府，会一直那样穿戴

孙文波，1956 年生于四川成都。1985 年开始诗歌写作。曾获『刘丽安诗歌奖』『珠江国际诗歌节奖』『畅语诗歌奖』。1998 年 6 月受邀参加第 29 届荷兰『鹿特丹国际诗歌节』，2002 年 9 月应邀参加德国柏林文学宫『中国文学节』，2006 年 11 月应邀参加日本驹泽大学『中国当代诗歌研讨会』。著有诗集《孙文波的诗》《地图上的旅行》《给小蓓的骊歌》《六十年代的自行车》《简单的赞美》《与无关有关》《新山水诗》，文论集《在相对性中写作》。

三月二十四日的歌德.

永远的少年，不停地枪击，
太多的泪水流成了纸
维特啊夏洛蒂，你们是伤心的人

三月的天空像一面镜子
提供了一个冬天的事物
开始融化，壤化，人面桃花开并落去
一些是事故的黄金
一些在寻找嘴唇

明天。明天是文字的敌人
不读书的人很幸福，只死一次
读书的人一死再死
为虚无的人死，为死了的人死

孙文波：《三月二十日的歌德》

文革镜像

一场械斗之后，二十八辆卡车
放下挡板，载着尸体在街上缓缓前进
我怀着好奇的心情站在街角
加入观望的人群，听人们议论
子弹钻进人体如何像花一样炸开
我眼前出现幻象；一串串花
从人的头顶、胸前、背部绽放
我还注意到：在一辆车上
从包裹着尸体的布发出的脚，一只穿着鞋
另一只袜子烂着洞，露出脚趾
促使我想到爷爷有一次诉说
我的活，人死时穿着什么
到了阴曹地府，就一直那样穿戴

孙文波：《"文革"镜像》

孙　磊

监　狱

—— 献给 LZ

在镣铐中，如何
维护一个缄默的上帝。

他数学的贵族气质。
他的蛮力、空旷、刀割……
和向死而生的轻。

一种被迫的含混比它自身
积蓄得更多。真理也更毒辣。
尤其当一种屠杀
从集体的信仰中醒来。

四壁形成的意志，
具有极强的非逻辑性，它靠知觉
换取抽象的生活
和一颗五分钱的
子弹。

对于被封存的雪，消融是奢华的，
尤其在春日的田野上。

孙磊，1971 年生于济南，诗人、艺术家、策展人。任教于中央美术学院实验艺术系、山东艺术学院美术学院。曾获『柔刚诗歌奖』、首届『中国年度最佳诗歌奖』等奖项。著有《演奏——孙磊诗集》《孙磊画集》《独立与寂静的话语》等。主编民刊《谁》。

监　狱
——献给ＬＺ

孙磊

在镜错中，如何
维护一个缄默的上帝。

他数学的贵族气质。
他的剥力、定时、刀割……
和向死而生的轻。

一种被逼的含混以它自身
积蓄得更多，真理也更霸辣。
尤其当一种屠杀。
从集体的偶们中醒来。

四壁形成的意志，
具有双翼的非逻辑性，它靠知觉

换取抽象的生活
和一颗五分钱的
子弹。

又下于赤度到颈的雪，消融是奢华的。
尤其在春日的田野上。

2002.3.1抄写。

孙磊：《监狱》

米沃什百年诞 [外一首]

在地平线那边，有人在焚烧落叶。
火光仅仅使地平线亮了一会儿。

而在这边，落叶堆在地上
高过树，和房子。

点燃它们
太危险了。火太危险了。

人类如黑暗的叶脉掉在床上。
屋顶上一阵鸟鸣，

洒下透明的灰烬。
对你来说，死亡就是

把飘散的火光聚拢，再度焚烧。

第一祈祷词

世界上有无数的祷词，都不如
我四岁女儿的祷词，
那么无私，善良，
她跪下，对那在烟雾缭绕中
微闭着双眼的观世音说：
菩萨，祝你身体健康。

唐不遇，1980 年生于广东揭西，2002 年毕业于中央民族大学。中国「80 后」诗歌代表诗人。出版诗集《魔鬼的美德》，作品入选《中国新诗百年大典》《当代先锋诗 30 年：谱系与典藏》《60 年中国青春诗歌经典》《十年诗选：2000~2010》等多个重要选本。2010 年参加诗刊社第二十六届「青春诗会」。曾获第十九届「柔刚诗歌奖」、《诗建设》诗歌奖、新锐诗人奖」、「中国「80 后」诗歌十年成就奖」等奖项。

米沃什百年诞

唐不遇

在地平线那边，有人在焚烧落叶。
火光仅仅使地平线亮了一会儿。

而在这边，落叶堆在地上
高大树，和房子。

点燃它们
太危险了。火太危险了。

人类如黑暗之叶脉摊在床上。
屋顶上一阵鸟鸣，

洒下透明之床焰。
对你来说，死亡就是

把飘散之火光聚拢，再度焚烧。

唐不遇：《米沃什百年诞》

第一祈祷词

唐不遇

世界上有无数的祷词，都不如
我哑巴女儿的祷词，
那么无私，善良，
她跪下，对那在烟云缭绕中
微闭着双眼的观世音说：
菩萨，祝你身体健康。

唐不遇：《第一祈祷词》

王顺健

菜虫子

虫子是菜长出来的
青菜开始是个芽
不像虫子
长着长着就动了起来
青菜开始是素的
到了一定时辰就变荤了

女孩子也一样
开始多么素静啊
长着长着就荤了

王顺健，1965 年生于江苏连云港，做过警察、广告人，现居深圳，自由撰稿人。参加过《诗刊》社的「青春诗会」。出版过诗集。近年来写小说，作品偶有发表，见于《山花》《红豆》《广州文艺》等刊物。

菜虫子

王顺健

虫子是菜长出来的
青菜开始是个芽
不像虫子
走着走着就动了起来
青菜开始是素的
到了一定时辰就变荤了

女孩子也一样
开始多么素静啊
走着走着就荤了

王顺健：《菜虫子》

小　海

追　问 [外二首]

仇恨来自春和夏
来自铁锤上的铁锈
像头顶上的雪
来自躺下的回声、共鸣

如果不是来自空灵的尘土
就是来自敬礼和爱

半个月亮
　　　——送涂画

树木雕刻着冰山
睡眠翻动了沙漠
童年喂养的仓鼠
长成了风暴中的大象

冥　想
　　　——降雪

天空剩余四分之一镜面
切割你的手腕
山中老人已经入睡
镜子划分了
赤身裸体的海浪，冥想
冥想赤裸裸的肉体
世界在一心一意地降雪

小海，本名涂海燕，1965 年生于江苏海安，南京大学中文系毕业，现居苏州。1980 年起在海内外报刊发表诗千余首，诗入选过《新诗潮诗集》（老木编，北京大学 1984 年版）等百多种选集，并被译成多国文字。是《他们》创始人及代表诗人之一。有个人诗集《必须弯腰拔草到午后》《村庄与田园》《北凌河》《大秦帝国》，合集《夜航船》《1999 九人诗选》等。主编《他们》十年诗歌选》（和杨克合作）。

追　问

小海

仇恨来自春和夏
来自钟锤上的锈蚀
像头顶上的雪
来自额上的声、共鸣

如果不是来自空灵的空土
就是来自数乱和爱

小海：《追问》

半个月亮
　　——连诗画
　　　　小海

树木雕刻着冰山
睡眠翻动了沙漠
童年喂养的危崖
长成了风暴中的大象

（15×16=240）　　　　　　　94032

小海：《半个月亮》

冥　　想

　　　　　——降雪

　　　　　　　　小海

天空剩余四分之一镜面

切割你的手腕

山中老人已经入睡

镜子划伤了

毒身碎片的海浪，冥想

冥想赤诚之心的肉体

世界在一心一意地降雪

（15×16＝240）　　　　　　94032

小海：《冥想》

徐 江

月 梦 [外一首]

我梦见过蓬莱
在贼月下临风
看云雾蒸腾的对面
琼楼里人影一闪
那是苏轼吗
还是李白

我随即忘了这个疑惑
——风大起来
吹得身上更凉了
但月白和夜蓝
融在一起的那道光
很快比身上的凉
更深地吸引住了
我这个恐高症患者

今夕逢此梦
我欲长醉不愿醒

手

我幸好没有看到那只废墟里的手
幸好

起初是错过了
后来是祈祷——我祈祷上天，不要让我看到
　　和他们所看到的一样的景象

哪怕悲伤
哪怕大爱

徐江，生于1967年，诗人、作家。1991年创办著名诗刊《葵》。著有诗集《杂事诗》《我斜视》文化史《启蒙年代的秋千》，随笔集《爱钱的请举手》。曾获2006年度『国际最佳诗人』称号、首届『《葵》现代诗成就大奖』、第二届『长安诗歌节·现代诗成就大奖』、『中国当代诗歌（2000—2010）批评奖』、『中国当代诗歌「精神骑士」奖』、『《诗参考》中国民间诗歌价值最高奖』等，并曾当选为第二届『中国当代十大杰出青年诗人』。作品先后被译成英、日、韩、德等多国文字。

月梦

徐江

我梦见过蓬莱
在城门下临风
看云雾蒸腾的对面
绣楼里人影一闪
那是你-我吗
还是梦见

我随即起了这个疑惑
——风大起来
吹得身上更凉了

但月白和夜蓝
放在一起的那道光
很快比身上的凉
更深地吸引住了
这-我个恐高症患者

今夕逢此梦
我欲长辞不愿醒

徐江：《月梦》

手

徐江

我幸好没有看到那只废墟里的手
幸好

起初是错过了
后来是祈祷——我祈祷上天，不要让我看到
　和他们所看到的一样的景象

哪怕悲伤
哪怕大爱

徐江：《手》

给自己的一个地址

我在一个空白信封上
写下一个地址
我给自己写了一封信
内容空白
我多么渴望与自己交流
只言片语的生活
时常被打断
莫名其妙的人，莫名其妙的事物
这世界很多很多

我相信这世界上
还有另一个我
那个我安详，从不焦虑
那个我智慧惊人
可以给我，现实的愚钝
一些指引
那个我从不说话
比起我现在的寡言
他更坚定

我在一个空白信封上
写下一个地址
我相信另一个我
就在这个地址里居住
或许我
就是地址本身
我也相信
我现在的疑惑
我写下的这封信
还需要我 奔赴过去
亲自收取

谢湘南，1974 年生于湖南乡村。1993 年开始写诗，1997 年参加诗刊社第十四届「青春诗会」。2000 年个人诗集《零点的搬运工》入选「21 世纪文学之星丛书」。曾获第七届「广东省鲁迅文学奖」。2012 年出版长诗选集《过敏史》。现居深圳。

给自己的一个地址

谢湘南

我在一个空白信封上
写下一个地址
我给自己写了一封信
内容空白
我多么渴望与自己交流
只言片语的生活
时常被打断
莫明其妙的人，莫明其妙的事物
这世界很多很多

我相信这世界上
还有另一个我
那个我安祥，从不要流焦虑
那个我智慧惊人
可以给我，现实的愚钝
一些指引
那个我从不说话
比起我现在的寡言
他更坚定

我在一个空白信封上
写下一个地址
我相信另一个我
就在这个地址里居住
或许我
就是地址本身
我也相信
我现在的疑惑
我写下的这封信
还需要我 奔赴过去
亲自收取

（2007）

谢湘南：《给自己的一个地址》

路的尽头

终于到了路的尽头，却没有坟墓
我很纳闷，看看手表，看看地图
不会出错的，前面就是地雷阵
就是万丈深渊，看一眼就头晕
一路上我只顾带着行军帐篷
却忘了带简易坟墓，现在只好干跺脚
谁知跺出来一个土地
问明情况后，他伸出脏巴巴的老手
我真想揍他的老脸，我身上
既没有铜钱，也没有纸钱
只好给了他地图和手表
他一笑，一下子陷进了地表
登时就托出来一座坟墓
就像是坐跷跷板
其实就是，当我钻进坟墓后
一下子沉进地下，沉埋百年
一下子又举到天上，四海流传

轩辕轼轲，1971 年生于山东临沂。1999 年和友人创办民刊《中间》，2000 年参与『下半身』诗歌运动，获 2012 年度『人民文学奖』。

路的尽头

轩辕轼轲

终于到了路的尽头，却没有墓
我很纳闷，看看手表，看看地图
不会出错的，然而我总觉得眼前
就是了这深渊，看一眼我发觉
一路上我只顾带行李帐篷
却忘了带简易坟墓，地上也没有坑脚
谁知踩出来一个土坑
向四周塌口，伸伸出脏巴巴的老手
我真想捧他的老脸，投身进
既没有钢铁，也没有底线
只好拿了地图和手表
放一堆，一下子陷进了地底
谁叫我找出来一座坟墓
就像是坐跷跷板
其实蛮好，去感觉坟墓后
一下子沉进地下，沉埋了身躯
一下子又举到天上，四处流传

2010.5.23

轩辕轼轲：《路的尽头》

短 句 [外一首]

一天又过去了。
我消耗了该消耗的物质，却没有
贡献出哪怕一小口
清凉的空气。
像鲑鱼，在黑暗、涌动的水流中
轻轻释放出花的低语。

理想的距离

这样的距离　可由越洋过海的蝴蝶
来经历。那些海风、暖流
那些蝶翼上神秘字母的霜迹
凹陷了，又突起——自身的
指南针　在美与丑的争吵中
分娩出一大堆温暖、粗俗的儿女
有的继续飞　有的将学会
像人一样呼吸——最卑贱的生物
翅膀隐藏在黑暗、干燥的衣柜里。

哑石，1966年生于四川广安，现居成都。写诗，集册有《哑石诗选》（长江文艺出版社2007年版）、《雕虫》（2010年自印）、《丝绒地道》（2011年「不是」出版基金出品）、《风顺着自己的意思吹》（2013年《锋刃》二十周年纪念文集之一）。曾获首届「华文青年诗人奖」（2003）、第四届「刘丽安诗歌奖」（2007）等。

短 句

　　　　哑石

一天又过去了。
我消耗了该消耗的物质，却没有
贡献出哪怕一小口
清凉的空气。
像鲑鱼，在黑暗、涌动的水流中
轻轻散步花的低语。

　　　　　　　（2003.9.20）

哑石：《短句》

理想的距离

哑石

这样的距离　可以轻松走过海的蝴蝶
来衡量。即使海风、暖流
即使桅樯上神秘字母的霜迹
凹陷了，又凸起——自己的
指南针　在美与丑的争吵中
分娩出一大堆温暖、相像的儿女
有的继续走　有的择学会
像人一样呼吸——最卑贱的生物
翅膀隐藏在黑暗、干燥的衣柜里。

（2003.9.1）

哑石：《理想的距离》

严 力

鱼 钩 [外一首]

我的鱼钩啊
在没有鱼的池塘里
终于自己游了起来
游着游着
满脸无奈地
一口吞下了自己

发 现

一觉醒来
发现这个早晨比平时美好
还发现
手上有血迹
这才想起来
昨晚
我杀掉了那根
上吊绳

严力，诗人、艺术家。1954 年生于北京。1973 年开始诗歌创作。1979 年开始绘画创作。为北京民间艺术团体「星星画会」的成员。1984 年在上海人民公园展览厅举办了国内最早的前卫个人画展，1985 年留学美国纽约，1987 年在纽约创办「一行」诗歌艺术团体，并出版《一行》诗歌艺术季刊。

见 字 如 晤

鱼钩

我的鱼钩啊
在没有鱼的池塘里
终于自己游了起来
游着游着
满脸无奈地
一口吞下了自己

严力 写于1990年

抄于2012.10.21

严力:《鱼钩》

发现

一觉醒来
发现这个早晨比平时美好
还发现
手上有血迹
这才想起来
昨晚
我杀掉了那根
上吊绳

严力 写于2012. 抄于
2012. 10. 21

严力：《发现》

杨 克

我在一颗石榴里看见了我的祖国 [外一首]

我在一颗石榴里看见了我的祖国

硕大而饱满的天地之果

它怀抱着亲密无间的子民

裸露的肌肤护着水晶的心

亿万儿女手牵着手

在枝头上酸酸甜甜微笑

多汁的秋天啊是临盆的孕妇

我想记住十月的每一扇窗户

我抚摸石榴内部微黄色的果膜

就是在抚摸我新鲜的祖国

我看见相邻的一个个省份

向阳的东部靠着背阴的西部

我看见头戴花冠的高原女儿

每一个的脸蛋儿都红扑扑

穿石榴裙的姐妹啊亭亭玉立

石榴花的嘴唇凝红欲滴

我还看见石榴的一道裂口

那些风餐露宿的兄弟

我至亲至爱的好兄弟啊

他们土黄色的坚硬背脊

忍受着龟裂土地的艰辛

每一根青筋都代表他们的苦

我发现他们的手掌非常耐看

我发现手掌的沟壑是无声的叫喊

痛楚喊醒了大片的叶子

它们沿着春风的诱惑疯长

主干以及许多枝干接受了感召

杨克，1957年生于广西。中国第三代实力派诗人，「民间写作」代表性诗人之一。出版诗集《太阳鸟》《图腾的困惑》《向日葵和夏时制》《陌生的十字路口》《笨拙的手指》《杨克短诗选》《杨克诗歌集》《有关与无关》，散文随笔集《叙述的城市》《天羊28克》《石头上的史诗》，诗文合集《杨克卷》。主编《〈他们〉十年诗歌选》《中国新诗年鉴》《九十年代实力诗人诗选》《60年中国青春诗歌经典》等。

枝干又分蘖纵横交错的枝条
枝条上神采飞扬的花团锦簇
那雨水泼不灭它们的火焰
一朵一朵呀既重又轻
花蕾的风铃摇醒了黎明

太阳这头金毛雄狮还没有老
它已跳上树枝开始了舞蹈
我伫立在辉煌的梦想里
凝视每一棵朝向天空的石榴树
如同一个公民谦卑地弯腰
掏出一颗拳拳的心
丰韵的身子挂着满树的微笑

人 民

那些讨薪的民工，那些从大平煤窑里伸出的
148 双残损的手掌。
卖血染上艾滋的李爱叶。
黄土高坡放羊的光棍。
沾着口水数钱的长舌妇。
发廊妹，不合法的性工作者。
跟城管打游击战的小贩。
需要桑拿的
小老板。

那些骑自行车的上班族。
无所事事的溜达者。
那些酒吧里的浪荡子。边喝茶
边逗鸟的老翁。
让人一头雾水的学者。
那臭烘烘的酒鬼、赌徒、挑夫
推销员、庄稼汉、教师、士兵
公子哥儿、乞丐、医生、秘书（以及小蜜）

杨克：《我在一颗石榴里看见了我的祖国》

单位里头的丑角或
配角。

从长安街到广州大道
这个冬天我从未遇到过"人民"
只看见无数卑微地说话的身体
每天坐在公共汽车上
互相取暖。
就像肮脏的零钱
使用的人，皱着眉头，把他们递给了，社会。

杨克：《人民》

杨 黎

三朵花 [外一首]

有一次在回家的路边
我看见一堆牛粪上
插着三朵花
其中一朵
比另外两朵
开放得更加
鲜艳迷人

山 顶

在那高高的山顶上
有一朵白云飘了过来
当白云飘过之后
在那高高的山顶上
就没有了白云

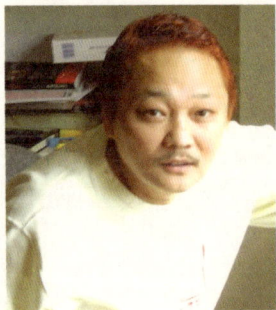

杨黎，1962 年生于四川成都。1980 年开始写作，1983 年以来写出《怪客》《冷风景》《高处》《西西弗神话》《撒哈拉沙漠上的三张纸牌》等「第三代诗歌运动」的代表作品，成为这个运动当之无愧的发言人。1986 年参与创办《非非》，为「非非主义」写作的领军人。2011 年参与创办《橡皮》，建立「废话写作群」，为这个写作群的理论阐述者和写作者。现已出版《小杨与马丽》《灿烂》《向毛主席保证》《五个红苹果》《打炮》《一起吃饭的人》等。

三朵花

有一次在回家的路边
我看见一堆牛粪上
插着三朵花
其中一朵
比另外两朵
开放得更加
鲜艳迷人

杨黎

杨黎：《三朵花》

山顶

在那高高的山顶上
有一朵白云飘过了事
当白云飘过之后
在那高高的山顶上
就没有了白云

杨黎

杨黎：《山顶》

宾至如归指南 [外一首]

他抱着厨房说再见。

他忍不住要听门缝的喘息。

他登楼俯瞰客厅风景。

他蹲在墙角数蜘蛛三五七。

他爬到床头，拔出假康乃馨。

他浑身笑容贴满了纸币。

他嘀咕，美梦能否养活在鱼缸里。

他从镜中瞥见身后的自己。

他把摇椅摆成屁股的形状。

他舔干净每一扇窗户，远望。

他散发浴缸的气味。

他躺进壶底试水温，把茶叶当睡莲。

他打开嘴，空无一人。

他为脸色挂到墙上而鼓掌。

他跳进晚餐表演辣度。

他囫囵吞下摘除的灯光。

他痛殴电视，直到车祸降临现场。

他用易拉罐托住天花板。

他说这就是视死如归。

后律诗：唯名主义者沙弥尼

欢喜到冰点，如雪藏起一粒沙。
她的沙哑绽放出妖冶花。

喝沙漠影子会太苦，
沙发上缠绵，却沾一身狐步舞。

闻到宇宙沙龙的酸味，
她嚼梦的沙沙声里新月如醉。

杨小滨·法镭，本名杨小滨，1963 年生于上海，祖籍山东。耶鲁大学文学博士，现居台北，任职于中研院文哲所。历任上海社科院、密西比大学、北京师范大学、政治大学（台湾）等的教授、研究职务。诗集《穿越阳光地带》获台湾现代诗社 1994 年「第一本诗集奖」。著有诗集《景色与情节》《为女太阳干杯》，论著《否定的美学》《历史与修辞》《中国后现代》《无调性文化瞬间》《语言的放逐》《迷宫·杂耍·乱弹》。

幸福沙拉在蝴蝶禅里发狂，
她便是漂亮的女沙皇。

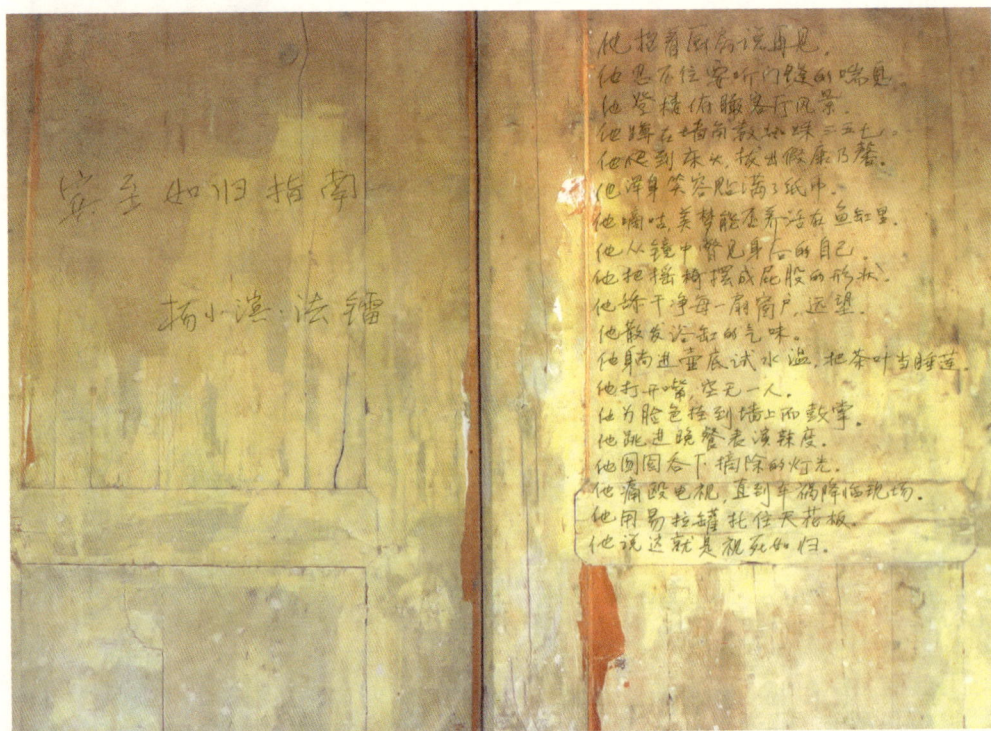

杨小滨·法镭：《宾至如归指南》

后律诗：唯名主义者沙弥尼

杨小滨·法镭

欢喜到冰点，如雪藏起一粒沙。

她的沙哑，绽放出火热的花。

喝沙漠影子会太苦，

沙发上缠绵，却沾一身狐步舞，

闻到宇宙沙龙的酸味，

她骑梦的沙沙声里新月已醉。

幸福沙拉在蝴蝶禅里发狂，

她便是漂亮的女沙皇。

杨小滨·法镭：《后律诗：唯名主义者沙弥尼》

姚 风

一滴大海

大海装满无数滴水
有人告诉我
从一滴水中可以见到大海

在一滴大海中
我打捞沉船、银币和
尸体

姚风，1958 年生于北京，后移居澳门。曾任教于澳门大学，现为澳门文化局副局长。著有中文和葡文诗集《写在风的翅膀上》《一条地平线，两种风景》《黑夜与我一起躺下》《远方之歌》《当鱼闭上眼睛》《姚风诗选》等，译作有《葡萄牙现代诗选》《澳门中葡诗歌选》《安德拉德诗选》《中国当代十诗人作品选》等十余部。2004 年获第十四届『柔刚诗歌奖』。2006 年获葡萄牙总统颁授『圣地亚哥宝剑勋章』。亦爱好艺术，曾举办过摄影展和装置艺术展。

一滴大海

大海装满无数滴水

有人告诉我

从一滴水中可以见到大海

在一滴大海中

我打捞沉船、银币和

尸体

姚风

2013. 6. 10.

姚风：《一滴大海》

叶 辉

飞 鸟 [外一首]

音乐无所谓

诗歌可读的不多

湖边的清新空气
只对肺有所帮助

一年之中，我很少做梦
有几次冥想

我的生活，离不开其他人

有些人，我不知道姓名
还有些已经死去

他们都在摇曳的树叶后面看我
如果我对了
就会分掉一些他们的幸福

鸟飞过来了

那些善意的鸟，为什么
每次飞过时
我都觉得它们会投下不祥

划 船

当我捡起东西时
我看到桌子下面父亲临终的样子
或者向一边侧过身

叶辉，1964 年生于江苏高淳。著有诗集《在糖果店》《对应》。现居高淳。

飞鸟

春天的信

诗歌真没读几首
偶尔清新空气
只呀脚在阿拉姆

一年三中，我很多幻梦
有几处冥想

我怯怯的，离不开其他人

在些人，我不知道姓名
还有些记忆往事

他们却在擦洗我站时后面看我
如果我对了
就会多挣一些他们的幸福

那些善良的鸟，为什么
每次飞起时
我都真怕它们会塌下不祥

叶辉
2010.5

叶辉：《飞鸟》

看到他的脸，在暗处，在阴影中

这阴影是时刻变幻

带来的灰烬。因此，我必须有一个合适的姿势

才能静观眼前，犹如在湖上

划船，双臂摆动，配合波浪驶向遗忘

此时夕阳的光像白色的羽毛

慢慢沉入水中，我们又从那里返回

划到不断到来的记忆里

波浪，展现了它的阴暗两面

叶辉：《划船》

走在破败的大通路上 [外一首]

这条废弃的街道
废弃的平房深处，也许有双眼睛
也许有双眼睛掠过我的脸

我心中的碎浪。他躲在暗处
白发纠缠。模糊的树枝
把一道道阴影打在身上
他站着，像拿着这张巨大的网
一扇斑驳的旧木门
斜挂在门框上

也许，他还在暗处等待着
等一张更大的网？真的只有这样？
肉身飘零，换来复归的万物
万物复归无物——换来这个渺小的人
走在一条破败的街上。我感到空寂
也有汹涌激荡的时刻

我走着，不像一个人在走
也不是他……烟雾熏黑的断壁间
尘埃起舞，追着我的脚步
他无声，又无名，可能
也没有形体
他不安的目光，就这样
慢慢铺展在我的脚下……

葡萄藤

我三岁的女儿
她喊我哥哥，她喊我姐姐

叶匡政，诗人、文化批评家。著有诗集《城市书》，文化随笔集《格外谈》，长诗《571工程纪要》样本》等，主编过『独立文学典藏』『独立学术典藏』等多套丛书。曾是《南方周末》《南都周刊》《新京报》等数十家报刊的专栏作家。获过台湾『双子星国际新诗奖』、首届『中国新锐媒体评论金奖』等奖项，2010、2012年入选『华人百大公共知识分子』。

叶匡政：《走在破败的大通路上》

她喊我宝贝

我都答应了
因为我渴望有更多的亲人

傍晚，坐在后院
我们仰起头
我们一起喊："爸爸，爸爸……"
我们喊的是邻居屋檐下
那片碧绿的葡萄藤

我们多么欣喜
我们紧紧地抱在一起
因为我们都喊对了
它是我们共同的父亲

葡萄藤

叶匡政

我三岁的女儿
她喊我哥哥，她喊我姐姐
她喊我宝贝

我都答应了
因为我渴望有更多的亲人

傍晚，坐在后院
我们仰起头
我们一起喊："爸爸，爸爸……"
我们喊的是邻居屋檐下
那片碧绿的葡萄藤

我们多么欣喜
我们紧紧地抱在一起
因为我们都喊对了
它是我们共同的父亲

2000.8. 诗
2013.6. 抄

叶匡政：《葡萄藤》

伊　沙

车过黄河 [外二首]

列车正经过黄河

我正在厕所小便

我深知这不该

我应该坐在窗前

或站在车门旁边

左手叉腰

右手做眉檐

眺望　像个伟人

至少像个诗人

想点河上的事情

或历史的陈账

那时人们都在眺望

我在厕所里

时间很长

现在这时间属于我

我等了一天一夜

只一泡尿功夫

黄河已经流远

饿死诗人

那样轻松的　你们

开始复述农业

耕作的事宜以及

春来秋去

挥汗如雨　收获麦子

你们以为麦粒就是你们

为女人迸溅的泪滴吗

麦芒就像你们贴在腮帮上的

猪鬃般柔软吗

伊沙，本名吴文健，1966年生于四川成都。1989年毕业于北京师范大学中文系。现于西安外国语大学中文学院任教。出版诗集《饿死诗人》《野种之歌》《我终于理解了你的拒绝》《伊沙诗选》《我的英雄》《车过黄河》《灵魂出窍》《伊沙诗歌：纹心》《伊沙诗选：尿床》等，长诗《唐》《蓝灯》，诗论集《中国现代诗论》。编著有《世纪诗典》《现代诗经》《被遗忘的经典诗歌》《新世纪诗典》等。

车过黄河　伊沙

列车正经过黄河
我正在厕所小便
我深知这不该
我应该坐在窗前
或站在车门旁边
左手叉腰
右手作眉檐
眺望　像个伟人
至少像个诗人
想些河上的事情
或历史的陈账
那时人们都在眺望

我在厕所里
时间很长
现在这时间属于我
我等了一天一夜
只一泡尿功夫
黄河已经流远

1988年11月
于北师大中北楼405
（女生宿舍）

伊沙：《车过黄河》

你们拥挤在流浪之路的那一年
北方的麦子自个儿长大了
它们挥舞着一弯弯
阳光之镰
割断麦秆　自己的脖子
割断与土地最后的联系
成全了你们
诗人们已经吃饱了
一望无边的麦田
在他们腹中香气弥漫
城市最伟大的懒汉
做了诗歌中光荣的农夫
麦子　以阳光和雨水的名义
我呼吁：饿死他们
狗日的诗人
首先饿死我
一个用墨水污染土地的帮凶
一个艺术世界的杂种

急待突围

我我我的
我的机枪点点点射般
的语言
充满快慰

结结巴巴我的命
我的命里没没没有鬼
你们瞧瞧瞧我
一脸无所谓

结结巴巴

结结巴巴我的嘴
二二二等残废
咬不住我狂狂狂奔的思维
还有我的腿

你们四处流流流淌的口水
散着霉味
我我我的肺
多么劳累

我要突突突围
你们莫莫莫名其妙
的节奏

饿死诗人　　　　　伊沙

那样轻松的　你们
开始复述农业
耕作的事宜以及
春来秋去
挥汗如雨　收获麦子
你们以为麦粒就是你们
酿制过诗歌的珍珠
千万别 像农民兄弟那样
播种般耕耘写
你们拥挤在流浪之路的那一年
北方的麦子们长大了
它们挥舞着一弯弯
阳光之镰
割断麦杆 喉咙的脖子
割断乡土地最后的脐带
收割了你们

诗人们已经吃饱了
一望无边的麦田
在他们腹中香气弥漫
城市最中大的饥汉
做了行摄的中主常的农夫
麦子 以雉鸡声叫两水涌意义
我呼吁：饿死他们
狗日的诗人
首先饿死我
一个用墨水污染土地的杂种
一个以诗歌诅咒的

1990年4月
于刘家教单楼

伊沙：《饿死诗人》

結結巴巴

伊沙

結結巴巴我的嘴
二二二等于殘廢
咬不住我狂狂狂奔的思維
還有我的腿

你們四處流流流淌的口水
散着霉味
我我我的肺
多么羞愧

我要突突突圍
你們莫莫莫名其妙
的節奏
急待突圍

我我我的
我的机枪莫莫射擊
的語言
充滿快慰

結結巴巴我的命
我的命里沒有鬼
你們瞧瞧瞧我
一臉無所謂

1991年5月
于教單樓

伊沙：《结结巴巴》

众所周知的立方体 [外一首]

我走近那个立方体时
感到抓住了什么。
像哑巴睡了一觉，抬头望见一棵梨树。
你想想，那梨树。

你想想，名字与本人的关系，
关于窗户的照片，
以及百合花在雨中所具有的条件反射。

我们知道，等月亮也有等得不耐烦的时候
而立方体，睡一觉就会忘掉。
那些喜欢窃听的孩子，像一幅
竖着电线的田园画，
向四周致意，直到我们意识到他们。

自然有着可以理解的方式

自然有着可以理解的方式。
推开窗户，可以抱怨。
房子在地面上，还有一棵树，朋友的两只沙皮犬
在水洼边争着喝水。
这些都可以理解，记录到日记里。
那些暴躁的人现在成了静静的荷叶。

余怒，1966 年生于安徽安庆，祖籍桐城。1985 年开始诗歌创作，曾获台湾第一届「双子星诗歌奖」，第二届「明天·额尔古纳诗歌奖」，第三届「或者诗歌奖」等，著有诗集《守夜人》（台湾版）、《余怒诗选集》、《余怒短诗选》、《枝叶》、《余怒吴橘诗合集》、《现象研究》、《饥饿之年》、《个人史》等。现居安庆。

众所周知的立方体

我走近那个立方体时
感到孤独似的。
像睡了睡一觉，指头上的一样茫然。
你想它，它茫然。

你想它，名字与它的关系，
关于窗子的照片，
以及孔孔它的中的里相似的那样反射。

我的孤独，也月亮也拥挤得去的里色的时候
而走动，睡一觉沉色去掉。
那些事它客的的那好，像一幅
竖着曲线的田园画，
白的田园去，直到我的意识到他们。

2007. 3. 6.

余怒：《众所周知的立方体》

自然有着可以理解的方式

自然有着可以理解的方式。
推开窗户，可以抱起。
房子在地面上，还有一棵树，朋友的两只小狗
在小溪边争着喝水。
这些都可以理解，记录到日记里。
那些暴躁的人现在成了树上的树叶。

2007. 4. 7.

余怒：《自然有着可以理解的方式》

现实一种 [外一首]

到黑夜的光里去作恶
到哭泣的泪水中收集盐

到真理的阴影里去唱赞歌
到死亡的绝境里求生存

到风暴的中心去享乐
到爱的伤疤上寻觅痛感

到大海的浪花上采蜜
到傻子的快乐里打捞生活

到倒车镜的风景里偷窥
到马桶的下水道里漂流

到光阴的皱褶里玩权术
到梦的奇遇里去练习倒立

广 场

多年来，我认识的人
却在瞬间让我感到距离
是的，即使在人群
我仍然与你们无法团结

多年来，我貌合神离
从聚集的人群里抽身
是的，混杂的队伍
我只能成为你们的叛徒

多年来，我是孤独的

余丛，本名徐海东，1972年生于江苏灌南。著有诗集《诗歌练习册》《被比喻的花朵》，随笔集《疑心录》。主编《见字如面：70后诗人手稿》、「还乡文丛」系列文集。现居广东，自由写作。

更多的人与我形同陌路
是的，黑压压人群
我未能指认出你们中的谁

多年来，我自尊尚在
软弱的人群也是有力量的
是的，当你们散去
我还坚定站在广场中央

Date: .

现实一种

余丛

到黑夜的光里去作恶
到哭泣的泪水中收集盐

到真理的阴影里去唱赞歌
到死亡的绝境里求生存

到风暴的中心·去享乐
到爱的伤疤上寻觅痛感

到大海的浪花上采蜜
到傻子的快乐里打捞生活

到倒车镜的风景里偷窥
到马桶的下水道里漂流

到光阴的皱褶里玩权术
到梦的奇遇里去练习倒立

2012年6月26日

余丛：《现实一种》

广场

余丛

多年来，我认识的人
却在瞬间让我感到距离
是的，即使在人群
我仍然与你们无法团结

多年来，我貌合神离
从聚集的人群里抽身
是的，混杂的队伍
我只能成为你们的叛徒

多年来，我是孤独的
更多的人与我形同陌路
是的，黑压压人群
我未能指认出你们中的谁

多年来，我自尊尚在
软弱的人群也是有力量的
是的，当你们散去
我还坚定站在广场中央

2009年2月3日凌晨

余丛：《广场》

自我介绍 [外一首]

我来自一个最美丽的国度
那里，脏乱差只是一个传说
遍地鲜花是惟一可以打扫的垃圾

我来自一个最自由的国度
那里，从来就没有监狱和冤假错案
随时随地，我们都可以自由地做梦

那里，挑刺的人越来越多了
但即使在荆刺中
也百分之百无可挑剔

听着，我不承认你们的幸福
我来自一个真理的国度
除了我们的路，其他的路都走不通

空 位

可能，夜，鸟之思
暂时无法与鱼换位

一点儿都不骗你
我很忙，越来
越忙，争储的王子们
排着队，急于见我

他们不可能见到我
我坐在这里，空空

俞心樵，1968 年生于福建，祖籍浙江绍兴。是当代中国优秀思想家和代表诗人，广为流传的诗歌有一代名诗《最后的抒情》，成名作有《今生今世：到处都是海》《渴望英雄》《墓志铭》等，著有多部对当代中国来说具有精神前瞻性的长诗，以及小说、剧本、理论著作。

自我介绍

俞心樵

我来自一个最美丽的国度
那里，睡觉爱只是一个传说
遍地鲜花这恨一手可以打扫的垃圾

我来自一个最自由的国度
那里，从来就没有监狱和冤假错案
随时随地，我们都可以自由地做梦

那里，挑刺的人越来越多了
但即使是在荆棘中
也再今之百无可挑剔

听着，我不承认你们的幸福
我来自一个真理的国度
除了我所在路，其他的路都走不通

2013.10.26.美国Johnson

俞心樵：《自我介绍》

空位
俞心樵

子時，夜，马之思
黎时无传于鱼换位

一点儿都不骗你
我很忙，越来
越忙，争渚王子们
排着队，急于见我

他们不可能见到我
我坐在这里，空空

2013、6、3、夜、京城

俞心樵：《空位》

撒 旦

一生我做一个祷告
配置我。使用我。一个完美的奴隶
但我的主仍未察觉
我变得如此具象，忠实如狗
所以我，仍被弃置
不，这也是谎言
我被逐步引入暗处
潜心追求真理

宇向，70后诗人。著有诗集《哈气》《女巫师》《低调》《我几乎看到滚滚尘埃》《宇向诗选》等。曾获得「柔刚诗歌奖」「宇龙诗歌奖」。绘画作品曾参加「修辞—当代诗人绘画展」，现居济南。

撒旦
做一个　　　祷告 祷告 祷告
一生　一生我做一个祷告
配置我 。使用我。一个兄弟的奴隶
但我的主仍未察觉　　兄弟
我变得如此具象，忠实如狗
所以我，仍被弃置　　察觉
不，这也是谎言　谎言 谎言谎言
我被逐步引入暗处
潜心追求真理
　　　　　　　宇向2005年作品

宇向:《撒旦》

雨　田

乡村博物馆

没有谁在赞美你　而被人们赞美的是些什么
一棵年老的朽木　还是那些有毒或无毒的植物
不知为什么　我从不听从美的召唤
什么才是真实的　永恒的　什么比月光更汹涌
什么才是撕破黑暗的黎明　谁能告诉我
怎样才能让自己不再麻木　难道我就情愿放纵
情愿倍受盲目的煎熬吗　是的　我内心的火种
被谁取走　谁的痛哭正被说不清的春天埋葬

我在这里低着头　天空也在这里低着头　犁头
风车和磨面的石磨没有告诉我谁带走了时光
那些被铁匠在炉火里锻打的弯刀和斧头为什么沉默
许许多多的问号都在这里成了深渊　我麻木的手
握着别人的手时　左顾右盼的老人是否知道
现实里的无数双眼睛早已看不到真实的眼睛
我要质问　谁在压迫我的灵魂歌唱
一盏油灯　一对马掌和一台老式放映机
无语地望着我　精神的镣铐锁住我的晚年
历史在修辞中已经成为历史　只有你还有真实的一面

雨田，中国当代先锋诗人。出版诗集多部，部分作品被译为多国文字，曾获台湾『创世纪40年诗歌奖』等，现居四川绵阳。

乡村博物馆

没有谁在赞美你　而被人们赞美的是些什么
一棵年老的杉木　还是那些有毒或无毒的植物
不知为什么　我从不听从美的召唤
什么才是真实的　永恒的　什么比月光更纯净
什么才是撕破黑暗的黎明　谁能告诉我
怎样才能让自己不再麻木　难道我就情愿放纵
情愿倍受盲目的煎熬吗　是的　我内心的火种
被谁取走　谁的痛哭正被说不清的春天埋葬

我在这里低着头　天空也在这里低着头　犁头
风车和磨面的石磨没有告诉我谁带走了时光
那些被铁匠在炉火里锻打的弯刀和锄头为什么沉默
许许多多的问号都在这里成了深渊　我麻木的手
握着别人的手时　左顾右盼的老人是否知道
现实里的无数双眼睛早已看不到真实的眼睛
我要质问　谁在压迫我的灵魂歌唱
一盏油灯　一对马掌和一台老式放映机
无语的望着我　精神的镣铐锁住我的晚年
历史在修辞中已经成为历史　只有你还有真实的一面

ch086，游10，973

2013年4月27日写于玉河镇

雨田：《乡村博物馆》

育　邦

死亡与右手

我必须留在家里
躲在空气的另一面
阳光照在我的额头上
北方阴森的影子投射在脚下
一阵风刮过
我的身体暴露无遗
左手停在空中
抚摸死亡的权杖
神圣而邪恶
右手一侧是世俗的领地
伸出来，缩回去
试图调停这日趋壮大的分裂
当太阳离开之时
短暂的黄昏
弥合了沟壑
我该起身
在月亮升起来之前
离开家
去菜场，或者公园

育邦，1976年生。从事诗歌、小说、文论的写作。著有小说集《再见，甲壳虫》，诗集《体内的战争》《忆故人》，随笔集《潜行者》。曾获「后天文学艺术奖」「金陵文学奖」。现居南京。

死亡与右手

育邦

我必须留在家里
躲在空气的另一面
阳光照在我的额头上
北方阴森的影子投射在脚下
一阵风刮过
我的身体暴露无遗
左手停在空中
抚摸死亡的权杖
神圣而邪恶
右手一侧是世俗的领地
伸出来，缩回去
试图弥合这日趋壮大的分裂
当太阳离开天空
驼背的黄昏
弥合了沟壑
我该起身
在月亮升起来之前
离开家
去菜场，或者公园

育邦：《死亡与右手》

郁　郁

关于古代　关于今天 [外一首]

古代，到处都是古代
古代在我们心里，在我们的想象中
古代就是一壶清茶
古代就是一盅薄酒
古代就是红袖秉烛
古代就是仕女磨墨
古代就是三宫六院七十二妃子
古代呵，说穿了
就是什么都可以，什么都不行

这么说古代，这么说心里，这么说想象
这么说我所知道的年年月月
我是说古代就在今天

今天就是一派快餐
今天就是小姐先生一大群一大群
今天就是权力与金钱在媾和
今天就是信仰成了一个喷嚏
今天就是妖魔鬼怪居然风度翩翩

这么说今天，这么说心里，这么说想象
这么说我所知道的年年月月
其实，我是说今天就在古代

一点点

掀动了从前的覆盖，一点点
心底就会翻卷起涩涩的海藻
飘来飘去。记忆的长发挥之不去
天，下起了雪，一点点

郁郁，本名郁修业，生于上海宝山，1980 年开始致力于以现代主义诗歌为主体的文学活动，创办和主编过《MN》《MOURNER/ 送葬者》《大陆》等。曾获 2009 年中国诗书画高峰论坛「独立诗歌奖」。被评为「2012 年《诗探索》中国年度诗人」。出版诗集《在路上》、《节日》、《默默五月的郁郁》（合集）、《尽量回到重新的岸边》、《拒绝实用》、《之间》、《亲爱的虚无亲爱的意义》、《郁郁短诗选》（中英对照）。

却冷得刹那间的神情打也起了颤

安静下来吧，时间，一点点
愈合的怀念是一枚琥珀。她的故事
在松涛声里，被秋风刮得唏嘘不已
言说的分量，成了呼吸
一点点，轻微恰似大言稀声

当革命和自由女神，一点点
在人们的心目中，沦为一对奸夫淫妇
爱情也就完了，像大战后的废墟
伤残经年的理想，一点点
从里到外地溃烂。世界病得不轻

我主张：开辟新的疆场，哪怕一点点
把从前的羁绊捆扎起来当作柴禾
把寂寞的小坟掀个底朝天
忙坏了身子骨。干脆，再把自己树成路标
只有一点点，你们可要看清楚

关于古代　关于今天　　郁郁

古代，到处都是古代
古代在我们心里，在我们的想象中
古代就是一壶清茶
古代就是一盏薄酒
古代就是红袖事烛
古代就是什么摩崖
古代就是三言天阙七十二娘子
古代呵，说穿了
就是什么都可以，什么都不行

这么说古代，这么说心里，这么说想象
这么说我们知道的年年月月
那是说古代就在今天

今天就是一派壮丽
今天就是烛光一大群一大群
今天就是权力千金我在精和
今天就是信仰放了一个喷嚏
今天就是鬼鬼轻手弄迷风度翩翩

这么说今天，这么说心里，这么说想象
这么说我们知道的年年月月
其实，我是说今天就在古代

上海 宝山 滃江
1997年7月4日

郁郁：《关于古代　关于今天》

当代诗人手稿

219

一点点　　郁郁

搅动了从前的覆盖，一点点
心底就会翻卷起湿湿的海藻
飘来飘去。记忆的长发挥之不去
天，下起了雪，一点点
却冷得刹那间的神情也打起了颤

安静下来吧，时间，一点点
愈合的怀念是一枚琥珀。她的故事
在松涛声里，被秋风刮得唏嘘不已
言说的伤害，成了呼吸
一点点，轻微得似大音稀声

当革命和自由女神，一点点
在人们的心目中，沦为一对奸夫淫妇
爱情也就完了，像古战场的废墟
仿佛往年的理想，一点点
从里到外地溃烂。世界痛得不轻

我主张：开辟新的疆场，哪怕一点点
把从前的羁绊捆扎起来当作柴禾
把寂寞的小坟掀个底朝天
烧坏了鼻子骨。于是，再把自己打成路标
只有一点点，你们可要看清楚

上海　草屋
2004年1月30日

郁郁：《一点点》

雪球协会 [外一首]

在静物的范围内，它算得上是
一个模范；和我们一起
来到巅峰，却没有替身；
已经比苹果还浑圆了，且足够硬，
却没有绯闻。它顺从我们的制作，
顺从得几乎毫无悬念：
从揉捏到拍打，它默默承受，
沿每个角度体会，并巩固我们施加
在它身上的冰冷的外力。
它小小的消极伟大得
如同一个假象。如此，静物是它
封闭的童年，但它很快
就会滚向它的青春，并反衬
我们是还需补办身份证的巨人。
从小变化到大，它用迅速的膨胀
取代了渐渐成长；但它的性急中
我们要负多半责任。它性急如
我们渴望尽早看到一个游戏的结果。

呀诺达丛书

山药和土鸡特色在雨林谷深处；
温泉发动泡沫，濯洗 一个绿夜。
巨人偷偷向你问好。

陌生地，山色膨胀成本色。
接着，番石榴向你请教一个十足的偍依。
还没回过神来的话，就和槟榔树比早起吧。

此地生动于天堂竟还能被借用多次。

臧棣，1964 年生于北京。毕业于北京大学。1997 年获得文学博士学位。1999 年至 2000 年任美国加州大学戴维斯校区访问学者。现任北京大学中文系教授。著有诗集《燕园纪事》《风吹草动》《新鲜的荆棘》《沸腾协会》《宇宙是扁的》《空城计》《慧根丛书》《未名湖》。

效果也很突出：上山时，你不过是游人；

下山时，你已是你的过客。

二〇一四年二月十二日

雪球协会

臧棣

在静物的范围内，它算得上是

一个模范：和我们一起

来到巅峰，却没有替身；

已经比苹果还浑圆了，且足够硬，

却没有绯闻。它顺从我们的制作，

顺从得几乎毫无悬念：

从揉捏到拍打，它默默承受，

从每个角度体会，并巩固我们施加

在它身上的冰冷的外力。

它小小的消极伟大得

如同一个假象。如此，静物是它

封闭的童年，但它很快

就会滚向它的青春，并反衬

我们是还需补办身份证的巨人。

从小变化到大，它用迅速的膨胀

取代了渐渐成长；但它的性急中

我们要负多半责任。它性急如

我们渴望尽早看到一个游戏的结果。

臧棣：《雪球协会》

呀诺达丛书

臧棣

山药和土鸡特色在雨林谷深处；
温泉发动泡沫，濯洗一个绿夜。
巨人偷偷向你问好。

陌生地，山色膨胀成本色。
接着，番石榴向你请教一个十足的傀儡。
还没回过神来的话，就和槟榔树比早起吧。

此地生动于天堂竟还能被借用多次。
效果也很突出：上山时，你不过是游人；
下山时，你已是你的过客。

2014年1月16日

臧棣：《呀诺达丛书》

曾　宏

诗之二　[外一首]

我的爱人出生在饥荒年代
过些天是她的生日
那时，我要带她去一个峡谷里
以鸟声作琴弦
把阳光铺在她的身子下
来玩一次小小的死亡
把她以往想象的痛苦埋在花草丛中
把她的爱情全部都埋葬在我的心坎

入夜时，我要带她攀上悬崖
以磷火作星光，将南下的寒流
披在身上，来豪饮一把
生活的风霜
如果她支持不了
我会拥抱并告诉——
生命的光辉，只有耐心
只有在黑暗中，才能看到

晚　秋

坐在前门大街星巴克二楼
喝着摩卡发呆
看人们在牌坊下走过来
走过去，再走过来
再走过去
芸芸众生，大凡如此

天暗下来。晚秋。我也会
走过去
但不再回来

曾宏，诗人、艺术家。二十世纪七十年代末开始写作。著有诗集《旅程》、随笔集《挣扎与美》等。近年专注于石雕、绘画、书法、摄影等领域。

诗之二

我的爱人出生在饥荒年代
这些只是她的生日
那时，我要带她去一个旷谷里
以鸟声作琴弦
把阳光铺在她的身子下
来实现一次小小的死亡
把她以往想象的痛苦埋在花草丛中
把她的爱情全部都埋葬在我的心坎

入夜时，我要带她攀上悬崖
以石摩火作星光，将南下的寒流
披在身上，来享受一把
生活的风雪
如果她支持不了
我会拥抱着告诉——
生命的光辉，只有两颗心
去看在黑暗中，才能看到

1984.11 曾宏

曾宏：《诗之二》

晚秋

坐在前门大街星巴克二楼
喝着摩卡咖啡
恋人们在牌坊下走过来
走过去，再走过来
再走过去
芸芸众生，大抵如此

天暗下来。晚秋。我也会
走过去
但不再回来

2012.9 曾宏

雨夹雪 [外一首]

春雷响了三声
冷雨下了一夜
好几次我走到窗前看那些
慌张的雪片
以为它们是世上最无足轻重的人
那样飘过，斜着身体
触地即死
它们也有改变现实的愿望，也有
无力改变的悲戚
如同你我认识这么久了
仍然需要一道又一道闪电
才能看清彼此的处境

废园所见

南瓜藤爬到处暑后就不肯再往前走了
肥厚的叶片上长满了白毛
这朵南瓜花快蔫了
那朵正在兴头上
南瓜举着拳头
誓言今生又白活了
而我又看见了童年时的那一幕
如此真切却不真实
——父亲用竹竿撩起藤蔓搭在树枝上
南瓜后来就变成了灯笼——
如此明亮几近恍惚

张执浩，1965年生于湖北荆门，现居武汉。《汉诗》执行主编。主要作品有诗集《苦于赞美》《动物之心》《撞身取暖》《宽阔》等，另著有长中短篇小说多部。作品曾入选百余种文学选本、年鉴及中学语文读本，先后获得过「人民文学奖」「中国年度诗歌奖」「十月年度诗歌奖」等多种文学大奖。

雨夹雪

　　　　张执浩

春雷响了三声
冷雨下了一夜
好让我看到窗前的那些
慌张的雪片
比如它们是世上最无足轻重的人
那样飘逝，斜着身体
倏地即死
它们也有改变现实的渴望，也有
无力改变的悲戚
如同你我认识多欸了
仍然需要一道又一道闪电
才能看清绝处的处境

　　　　　　　　　2013-2-19

废园所见　　　　　张执浩

南瓜藤爬到处暑后就不肯再往前去了
肥厚的叶片上长满斑点
这年南瓜花快蔫了
那些趴在墙头上
南瓜攥着拳头
誓言与生又死去了
而我又看见了童年时的那一幕
如此亲切却又真实
——父亲用竹竿撑起藤蔓搭在树枝上
南瓜花就变成了灯笼——
如此明亮以至忧伤

2012. 书于2013.5.29

张执浩：《废园所见》

我的中世纪生活·洗澡

我的家里很穷

兄弟姐妹也很多

我们都去小镇的公共澡堂洗澡

整个小镇只有一个澡堂

澡堂里黑乎乎的

找不到存放衣服的地方

通往水池的窄道黑暗而潮湿

把衣服放在那里既不卫生

也不安全

我们就把衣服脱在家里

然后赤条条地穿过长长的胡同走到澡堂

那些骑士或者有钱的人家

有仆人一直跟着他们拿衣服

看管他们的贵重物品

我们只有在家里脱了衣服

然后赤条条地穿过长长的胡同走到澡堂

我们这个小镇很小

拐两个街角

就会到达镇子边缘

在我们这里

我常常看到十几岁二十岁的女孩或者男孩

坦然地赤身走过胡同走向澡堂

见到人时

他们就捂住前面

微微一笑

流露出久已失传的天真

赵思运，1967年生于山东郓城，文学博士，现为浙江传媒学院文学院教授。出版诗集《我的墓志铭》《六十四首：1989—2009赵思运诗集》，学术著作《中国大陆当代汉诗的文化镜像》《何其芳人格解码》《诗人陆志韦研究及其诗作考证》。

我的中世纪生活·洗澡

赵思运

我们家里很穷
又弟姐妹也很多
我们都去小镇的公共澡堂洗澡
整个小镇只有一个澡堂
澡堂里黑乎乎的
找不到存放衣服的地方
通往水池的窄道黑暗而潮湿
把衣服放在那里既不卫生
也不安全
我们就把衣服脱在家里
然后赤条条地穿过长长的胡同走到澡堂
那些骑士或有钱的人家
有仆人一直眼看着他们拿衣服
看管他们以免丢物品
我们总有在家里脱了衣服

然后赤条条地穿过长长的胡同走到澡堂
我们这个小镇很小
拐两个街角
就会到达镇子边缘
在我们这里
我常常看到十几岁 二十岁的女孩或者男孩
坦然地赤身走过胡同走向澡堂
见到人时
他们就捂住前面
微微一笑
流露出久已失传的天真

二〇〇八年11月22日 南京

赵思运：《我的中世纪生活·洗澡》

一　生 [外一首]

一生到底会遭遇多少次
相爱的女人
要浪费掉多少的感情
才会拥有一个真实而温暖的家

一生到底要失去多少个
机会　才会获得成功
才会走完生命的旅程

一生
好长的苦

活　着

活着有它活着的规则
活着有它活着的方式

活着　小偷去偷别人的东西
活着　妓女去勾引有钱的男人
活着　警察去抓小偷　然后
他们成为朋友

活着　男人去嫖妓女　然后
他们成为夫妻

生活被活着的欲望充填
而活着又被生活的滋味诱惑

中岛，原名王立忠，1963 年生于黑龙江宝清，1989 年哈尔滨师范大学中文系毕业。1983 年开始诗歌创作。诗歌作品被选入《中国网络诗典》《中国诗选》《现代诗经》《被遗忘的经典》《中间代全集》等五十种诗歌选本，2002 年应邀参加第八届亚洲诗人大会，2007 年应邀参加第十届亚洲诗人节。任《诗参考》主编。著有诗集《风在向你述说》《一路货色》。

中岛：《一生》

活　着

中岛

活着……君年休都有在活着的欢恨
活着……身休都有在活着的计

活着　以偷去偷别人以东西
活着　妓女去勾引有线以款
活着　警察去抓小偷　然后
　　　它们成为朋友
活着　男人去娶妓女　然后
　　　它们成为夫妻

生活缺活着以欲望先填
而活着又粼创造以意味绕惑
　　　　　　　二〇〇3年4月8日

中岛：《活着》

梦　境

——读陈实诗文集《当时光老去》

以二十四节气计算这一年的痕迹，
以窗前花与树的枯荣
判断来信的日期，
以世间所有的深夜
为敌，复为友；
以地球上每一座你走过的城市
来做我的梦境。

周公度，1977 年生于山东金乡。《佛学月刊》杂志主编。著
有诗集《夏日杂志》，随笔集《机器猫史话》，诗论《银杏种
植——中国新诗二十四论》等。编有《第二届中国国家诗歌节·
诗歌专刊》、《2008—2009 年度中国最佳诗选》等。

梦　境
　——读陈实诗文集《当时光老去》

以二十四节气计算这一年的浪迹，
以窗前花与树的枯荣
判断来信的日期，
以世间所有的深夜
为敌，复为友；
以地球上每一座你走过的城市
来做我的梦境。

2009.3.14 周公度

周亚平

如果麦子死了 [外二首]

如果麦子死了
地里的颜色会变得鲜红
如果麦子死了
要等到明年的麦子出来
才会改变地上的颜色

边界：致北岛

悄悄地
它在伺机什么

欲望在伺机什么
贪婪在伺机什么
忠诚在伺机什么
英勇在伺机什么

只有一块阴影为你保护
白天　已经扩大到
你的背后

进入你，就像焦虑找到了美梦

我和我的狗是朋友
我和我的狗是兄弟
我和我的狗一起做工
我和我的狗一起耕地
我和我的狗在空中飞翔
我和我的狗在水中潜水
我们互相诅咒："我要撕裂你的屁股！"
然而是死亡的时候了
我们却无法说再见

周亚平，当代诗人。现任职于中央电视台。二十世纪八十年代末九十年代初与同仁在南京、苏州发起组织『原样——中国语言诗派』诗歌团体，并在英国出版合著诗集《ORIGINAL》。个人诗集《如果麦子死了》《俗丽》《戏剧场》《红白蓝灰黑》《原样：卡通一开始就被定义为荒谬》。2011年，周亚平当选为『《诗探索》「中国年度诗人」』。

如果麦子死了
    周亚平

如果麦子死了
地里的颜色会变得鲜红
如果麦子死了
见不到明年的麦子出来
才会改变地上的颜色

                        2013.10
                         重抄
                        於北京

周亚平：《如果麦子死了》

边界：致北岛

周亚平

小鸟之地
牠在阅读什麽

欲望在阅读什么
贪婪在阅读什么
忠诚在阅读什么
勇敢在阅读什么

只有一块阴影为你保护
白天　已经扩散太到
你的背後

2013.10 重载

周亚平：《边界：致北岛》

进入你，就像焦虑找到了美梦

周亚平

我和我的狗是朋友
我和我的狗是兄弟
我和我的狗一起做工
我和我的狗一起种地
我和我的狗在空中飞翔
我和我的狗在水中潜水
我们互相耻笑："我要揍碎你的屁股！"
然而是死亡的时候了
我们却无法说再见

2013.10重抄

周亚平：《进入你，就像焦虑找到了美梦》

编后记

1

继编选出版《见字如面：70后诗人手稿》，我用将近一年的时间，策划编选《见字如晤：当代诗人手稿》。如果说前者是当代诗歌手稿的一个切面，那么后者则是我对当代诗歌手稿整理或留存的续编，它们是互为补充和融合的。我个人认为，诗人的手迹作为诗歌书写的外在形式，同样是具有诗性的，是字形和笔画在时光中的传承。

严格来讲，这不是一部绝对意义上的诗歌手稿集，而是当代汉语诗人为了参与此次的出版创意，专门手写的诗歌作品的汇编。通过这样的有意而为的诗歌抄写，让诗人的手迹得以展示和留存，而手稿的独特性又赋予了本书文化价值。从编选的角度，这既是一部当代诗人手稿集，也是一部当代诗歌选本。

2

在"电子书写"时代，毋庸置疑，我们感受到手写的没落。在日常文书中我们已很少能见到手迹，更多是键盘上敲击出来的格式化字迹，即使是从手写板转换的文字，也颠覆了纸面书写的形态。事实上，键盘上的"电子书写"正在改变诗人的思维方式，这样的改变未必是好，也未必是坏，诗人们总能找到适合自己的方式。对诗歌手稿的收集整理，更应该理解为，我们对传统手写的一份怀旧和重温。

一首诗的形成难免需要打磨，而没有了手写的创作，我们在显示屏上已看不到涂抹和删除的痕迹。诗人的手艺面临着蜕变，或许这样的蜕变有了工具化的便捷，强化了技术性，却又让灵光一现的诗意有了书写的弯度。手写的意义，则意味着心手相连，服从于个体的生命姿态和节奏的控制。即使是对自身诗歌的重新抄写，也确定着诗人真实个

性的边界，印记诗人的隐秘风格。

3

收集诗人的手稿，确实是一件费心的事。于诗人而言，专门抽出时间来抄写诗歌，离不开他们的参与热情。虽然在编选之前，我心目中有一份理想的诗人名单，但这份名单也仅局限于编者的一厢情愿。难免会由于一些原因不能做得那么周全，比如我无法联系到诗人，再比如诗人的婉言拒绝。现在这部呈现给读者的手稿集，正是基于这样的结果。我只是在做一部档案意义上的手稿集，而不是当代诗人手稿的全编。

本书所编选的诗人手稿，从属于我个人的视野、能力和偏见。当然，这有可能让一些重要的诗人被疏忽掉，这样的疏忽或许有着编者自身必要的选择和放弃。哪怕这是一部有诸多遗憾之书，我愿意承受这样的不完美。感谢来稿的诗人，他们支持了我这项工作；也感谢那些答应了我又在行动上放弃的诗人，他们让我意识到每一件事都不可能做到尽善尽美。

4

在《见字如面：70后诗人手稿》的序言中，我曾表述过其是对诗人手迹整理的抛砖引玉。事实上，其作为国内编选的第一部当代诗人手稿集，也确实起到了这样的作用。正是由此小小的推动和启发，近一年来各方面对诗人手稿的关注，可以说掀起了一股旋风般的热潮。在北京、上海等地有人策划了当代诗人手稿的拍卖活动，在山东济南有人兴建了当代诗人手稿馆，而更多的文学刊物以及诗歌民刊也纷纷推出了诗人手稿专栏。这样的合力和呼应，正是编者所期望的结果，而本书的出版无疑是对前一本书的锦上添花。

本书在编选过程中，得到了暨南大学出版社杜小陆先生的积极关注与支持，并提出许多建设性意见，这也是我能更好地完成本书的重要的动力之一。本书的书名为诗人、书法家北野先生专门题写，封面图片使用了画家、书法家邓正强先生的现代刻字，在此一并表示谢意。

2014 年 8 月 28 日于中山